AF271580

François-René de Chateaubriand

Atala & René

e-artnow 2018

Leseempfehlungen (als Print & e-Book von e-artnow erhältlich)

Fjodor Michailowitsch Dostojewski, Korfiz Holm
Gesammelte Werke: Romane + Novellen: Schuld und Sühne + Die Brüder Karamasow + Der Spieler + Der Idiot + Die Dämonen + ...und Hochzeit + Ein Werdender und mehr

Miguel Cervantes de Saavedra
Don Quijote

Franz Kafka
Gesammelte Werke: Romane, Erzählungen & Briefe (Über 90 Titel in einem Buch): Der Prozess, Das Schloß, Amerika, Betrachtung, Das Urteil, Die Verwandlung, ...eines Hofes, In der Strafkolonie...

Jules Verne
Die Leiden eines Chinesen in China

Jack London
König Alkohol

Fjodor Michailowitsch Dostojewski
Arme Leute

Robert Louis Stevenson
Der seltsame Fall des Dr. Jekyll und Mr. Hyde: Fesselnde Einblicke in die
Untiefen der menschlichen Seele

Robert Musil
Der Mann ohne Eigenschaften (Teil 1 bis 3 - Vollständiger Musil-Text):
Einer der einflussreichsten Romane des 20. Jahrhunderts

Stefan Zweig
Vierundzwanzig Stunden aus dem Leben einer Frau

Hans Fallada
Jeder stirbt für sich allein

François-René de Chateaubriand

Atala & René

Die Geschichte einer unmöglichen Liebe - Klassiker der französischen Romantik

Übersetzer: Maria von Andechs

e-artnow, 2018
Kontakt: info@e-artnow.org

ISBN 978-80-273-1204-7

Inhaltsverzeichnis

Atala

(Atala ou Les amours de deux sauvages dans le désert)

Prolog

Frankreich besaß ehemals in Nordamerika ein weites Gebiet, welches sich von Labrador bis hin zu den Floriden, und von den Gestaden des atlantischen Meers bis zu den fernen Seen des oberen Canada erstreckte.

Vier mächtige Ströme, welche in einem und demselben Gebirge entspringen, theilten diesen ungeheueren Landstrich in kleinere Gebiete: der St. Lorenzstrom, der sich gegen Morgen zu in den Meerbusen dieses Namens verliert; dann der Westfluß, der seine Fluten unbekannten Gewässern zuführt; der Fluß Bourbon, der von Süden gegen Norden fließt und sich in die Hudsonsbay ergießt, und der Meschacebe, der sich von Norden nach Süden hinabwälzt und sich dann in den mexikanischen Meerbusen stürzt.

Dieser letztere Strom bewässert in einem Lauf von vielen Hunderten von Meilen wahrhaft himmlische Gegenden, welche die Nordamerikaner das »neue Paradies« nennen, und denen die Franzosen den lieblichen Namen *Louisiana* gegeben haben. Zahllose andre Ströme, Nebenflüsse des Meschacebe, wie der Missouri, der Illinois, der Akansa, der Ohio, der Wabache und der Tenessee, düngen dieses Gebiet mit ihrem Schlamm und befruchten es mit dem Ueberfluß ihrer Gewässer. Wenn all diese Ströme von den Regengüssen der Winterzeit angeschwollen sind, wenn die rasenden Orkane oft ganze Strecken von Waldungen umgestürzt haben, dann sammeln sich die entwurzelten Riesenstämme da und dort an den Waldbächen. Bald deckt sie der Schlamm zu mit seinem flüssigen Kitt, die Lianen umschlingen sie, und neue Pflanzen, die ringsumher Wurzel schlagen, tragen dazu bei, den Schwall all dieser Reste des Urwalds mächtiger und mächtiger emporzuthürmen. Endlich wieder losgespült, und davon getragen durch die reißenden Gewässer, treiben sie dem Bett des königlichen Meschacebe zu. Dieser bemächtigt sich ihrer, stößt sie gegen den mexikanischen Meerbusen, setzt sie auf den Sandbänken ab und vermehrt so die Zahl seiner Mündungen. Bisweilen erhebt er seine Stimme, wenn er unter den Bergen dahinrauscht, und breitet seine überschäumenden Fluten unter den wölbigen Säulengängen der Wälder und unter den Pyramiden der indischen Gräber aus; er ist der Nil dieser Wildnisse.

Bei Ansichten der Natur ist jedoch neben der Pracht und Größe stets die Anmuth und Lieblichkeit zu finden. Während der mittlere Strom die Leichen der Fichten und Eichen dem Meer zuwälzt, gewahrt man auf den beiden Seitenströmungen längs den Ufern schwimmende Inseln von Muschelblumen und gelben Seerosen, deren zartes Blüthenblatt gleich den Wimpeln eines Mastes in der Luft schwankt. Grüne Schlangen, blaue Reiher, rosenfarbige Flamingos, kleine Krokodile schiffen sich auf diesen Blumenfahrzeugen ein, und die Kolonie, die goldenen Segel gebläht von einem sanften Luftzug, langt schlafend in irgend einer zurückgezogenen Bucht des Stromes an.

Die beiden Gestade des Meschacebe gewähren den eigenthümlichsten Anblick von der Welt. Am westlichen nämlich ziehen sich unabsehliche Wiesen, die üppigen Sawannas der amerikanischen Wildniß, hin; ihre grünen, sanftgeschwungenen Linien scheinen am Ende mit dem Blau des Himmels zusammenzuschmelzen, in dem sie verschwinden.

Oft grasen und weiden auf diesen unendlichen Prairien wilde Ochsen zu Tausenden umher. Dann und wann bricht ein schwimmender Bison, sichtbar hochbejahrt und eisgrau von Haar und Mähne, durch die Stromflut, und stürzt sich dann ins hohe Gras einer Insel des Meschacebe. Beim Anblick seiner mit zwei Halbmonden geschmückten Stirne, und seines schlammigen Bartes möchte man ihn für den Gott des Stromes halten, der einen zufriednen Blick auf die unabsehbare Fläche seiner Gewässer und die wilde Ueppigkeit seiner Gestade wirft.

Dies ist das Schauspiel, welches der westliche Strand gewährt; ein durchaus anderes Bild hingegen zeigen dem Auge die Urwaldswildnisse des östlichen Stromufers und stehen mit dem ersten im bewundernswürdigsten Kontraste. Bäume von allen Gestalten, Farben und Blüthengerüchen, die in die Flut hinunterhangen, und bald als liebliche Landschaftsbilder auf Felsen und Bergen beisammen, bald einzeln da und dort im Thale stehn, ranken sich wild durch einander, wachsen zusammen, und erheben sich oft zu einer augenermüdenden Höhe. Wilde Reben

13

und Coloquinten umschlingen einander am Fuß der Bäume, erreichen ihre Aeste, klimmen bis ans äußerste Ende der Zweige hinaus, schwingen sich vom Ahorn zum Tulpenbaum hinüber, vom Tulpenbaum zur Rosenesche, und bringen so zahllose grüne Gehege, Lauben und Gewölbe hervor. Oft schlingen die sich von Baum zu Baum rankenden Lianen ihre Zweige selbst übers Gewässer der Waldbäche, und bauen so förmliche Blumenbrücken darüber hin. Aus der Nacht dieses Dickichts erhebt sich die Waldmagnolia gleich einem unbeweglichen Pfeiler; von ihren breiten, schneeigen Rosen überdeckt, hat sie keine andere Nebenbuhlerin, als die Palme, deren grüne Fächer sich im Blau der Lüfte wiegen.

Eine Unzahl von Thieren, mit denen die Hand des Schöpfers diese einsamen Gegenden bevölkert hat, verbreiten darin Anmuth und Leben. Am Saum des Waldes bemerkt man Bären, die, vom Traubensaft trunken, unter den Zweigen der Ulmen taumeln; Karibus baden sich im See; schwarze Eichhörnchen spielen im Dickicht des Laubwerks; Spottvögel, Tauben, nicht größer als Sperlinge, schweben sanften Flugs auf den Rasen herab, roth von der Pracht des schönsten Erdbeerschlags; hellgrüne Papageien mit gelbem Kopf, purpurfarbene Spechte, feuerfarbige Cardinäle umkreisen die Wipfel der Cypressen; Kolibris funkeln auf dem Jasmin von Florida, und die Vogelfängerschlangen zischen, von dem laubigen Gezweige herunterhangend und gleich Lianen hin- und herschwankend.

Während drüben im wogenden Grasmeer der Sawannen gewöhnlich Ruhe und Schweigen brüten, ist dagegen dieser östliche Strand eine Welt voll Leben, voll bunten Gewühls und Getöses: das Geklopf des Schnabels an dem Rumpf der Eichen, der Tritt der Thiere, die, indem sie den Wald durchschreiten, Fruchtkerne zwischen den Zähnen zermalmen, das Rauschen der Gewässer, Töne, die wie ferne Seufzer klingen, dumpfes Gebrülle, sanftes Gegirr, all das wirkt zusammen in dieser Wildniß mit dem eigenthümlichen Zauber einer zarten und dann doch wieder wilden Harmonie. Wenn jedoch von Zeit zu Zeit ein frischer Wind durch die Einsamkeit dieser Wälder fährt und die schwankenden Körper in Bewegung setzt; wenn er all diese Massen von Weiß, Azurblau, Grün und Rosenroth unter einander mischt, all die zahllosen Farben und Töne durcheinanderwirft und untergehn macht: dann erhebt sich aus der Nacht dieser Waldungen ein solches Getöse, und das Auge erblickt solche Wunder, daß ich sie Denen, welche diese Heimat der Natur noch nie gesehn, zu schildern wohl schwerlich im Stande wäre.

Nach der Entdeckung des Meschacebe durch den Pater Marquette und den unglücklichen Lasalle, schlossen die ersten Franzosen, welche sich am Biloxi und in Neu-Orleans niederließen, ein Bündniß mit den Natsches, einer indianischen Völkerschaft, deren Macht in jenen Gegenden furchtbar war. Streitigkeiten und gegenseitige Eifersucht bespritzten nachmals die gastliche Erde mit Blut. Unter diesen Wilden lebte ein Greis, Namens *Schakta* welcher seines hohen Alters, seiner Weisheit und seiner Weltkenntniß wegen der Patriarch und der Liebling dieser Wildnisse war. Wie die Mehrzahl der Menschen, hatte auch er nur durch sein Unglück so hohe Tugenden erkauft. Nicht nur die Wälder der neuen Welt waren voll von seinen traurigen Schicksalen, sie drangen sogar bis herüber an unsere Küsten. Durch eine grausame Ungerechtigkeit zum Bagno in Toulon verurtheilt, dann der Freiheit wiedergegeben, von König Ludwig XIV. persönlich empfangen, hatte er mit all den berühmten Männern dieses Jahrhunderts verkehrt, den Hoffesten von Versailles, den Trauerspielen Racines und den Leichenreden Bossuets beigewohnt; mit einem Worte, der Wilde hatte die Gesellschaft auf dem Gipfelpunkte ihres Glanzes gesehen.

Schakta war seit mehreren Jahren in den Schooß seines Vaterlands heimgekehrt und genoß jetzt der Ruhe. Doch selbst diese Gunst hatt' ihm der Himmel theuer verkauft; der Greis war blind geworden. Ein junges Mädchen war seine Führerin am hügelichten Gestade des Meschacebe, wie einst Antigone den Fuß des Oedipus auf dem Cithäron, wie Malvina den greisen Ossian durch die felsige Wildniß von Morven leitete.

Obgleich ihm die Franzosen so zahlreiche Ungerechtigkeiten angethan, liebte der Greis sie dennoch. Mit gerührtem Herzen gedachte er Fenelons, dessen Gast er in Cambray gewesen war, und wünschte sehnlichst, den Landsleuten dieses edlen Mannes einen Freundschaftsdienst erweisen zu können. Bald bot sich ihm dazu ein guter Anlaß. Im Jahr 1725 kam nämlich ein junger Franzose, Namens *René,* durch heftige Leidenschaften und Unglück aus seinem Vaterland vertrieben, nach Louisiana hinüber. Er schiffte den Meschacebestrom bis zu den Natsches hinauf, und wünschte unter die Krieger dieses Volksstammes aufgenommen zu werden.

Nachdem ihn Schakta hinlänglich ausgeforscht und sich von der Festigkeit seines einmal gefaßten Entschlusses überzeugt hatte, nahm er ihn an Sohnesstatt an und gab ihm ein indianisches Mädchen, Namens Celuta, zur Frau. Bald nach dieser Heirat rüsteten sich die Wilden zu einer allgemeinen Biberjagd.

Schakta, obgleich blind, wird von dem Rathe der Saschems zum Anführer des Zugs erwählt, und zwar in Folge der ungemeinen Verehrung, deren er bei den indianischen Stämmen genoß. Die Gebete und Fasten fangen an; die Zauberer legen die Träume aus; man fragt die Manitous um himmlischen Rath; man opfert Petua, man wirft Streifen von Elendthierzungen ins Feuer, und giebt Acht darauf, ob sie in der Flamme knistern, um so den Willen der Genien zu erfahren; endlich, nachdem noch der heilige Hund verzehrt ist, tritt man die Wanderschaft an. René ist mit im Zuge. Mit Hülfe der Gegenströmungen rudern die Piroguen den Meschacebestrom hinauf und gelangen in das Bett des Ohio. Es ist Herbst; die prächtigen Wildnisse von Kentucky thun sich vor den staunenden Blicken des jungen Franzosen auf. In einer schönen Mondnacht, während die Natsches in ihren Piroguen schlafen, und die indianische Flotte mit den Segeln, von Thierhäuten gemacht, beim Wehn eines leisen Windes still stromabwärts fährt, ersucht René, der mit Schakta allein geblieben, den Greis um die Erzählung seiner Geschichte. Der Blinde willfährt ihm, setzt sich zu ihm auf das Hinterteil der Pirogue, und hebt mit folgenden Worten zu erzählen an:

Die Geschichte Schaktas und Atalas

I. Die Jäger

Es ist ein eigenthümliches Schicksal, mein lieber Sohn! das uns da zusammengeführt hat. Ich sehe in dir den civilisirten Menschen, der sich selbst zum Wilden gemacht hat; du siehst in mir den Wilden, welchen der große Geist, ich weiß nicht, in welcher Absicht, zu civilisiren bedacht war.

Wir haben von zwei ganz entgegengesetzten Seiten die Bahn des Lebens betreten; du hast dich an meine Stelle gesetzt, ich mich an die deinige; daher müssen wir auch eine durchaus verschiedene Ansicht von den Dingen haben. Wer von uns Beiden hat bei diesem Tausch nun wohl am meisten gewonnen, und wer hat verloren dabei? Das wissen die Genien, deren Letzter schon weiser ist, als die Weisesten unter den Sterblichen zusammengenommen.

Im nächsten Blumenmonate werden es siebenmal zehn und drei Schneezeiten sein, daß meine Mutter mich an den Ufern des Meschacebe gebar. Die Spanier hatten sich seit Kurzem in der Bai von Pensacola niedergelassen, aber kein Weißer bewohnte noch Louisiana. Ich zählte kaum siebenzehn Herbste, als ich mit meinem Vater, dem Krieger Outalissi, gegen die Musoculgen, ein mächtiges Volk der Floriden, auszog. Wir vereinigten uns mit den Spaniern, unsern Bundesgenossen, und der Kampf fand statt an einem Seitenarm der Maubila. Areskouie und die Manitous waren uns nicht günstig. Die Feinde gingen als Sieger aus der Schlacht hervor, mein Vater verlor das Leben, und ich selbst erhielt zwei schwere Wunden, indem ich im Kampfe für ihn stritt. O warum stieg ich damals nicht in das Land der Geister, in die Nacht der Unterwelt hinab! Dann wäre ich all den Unglücksfällen entgangen, die meiner noch auf der Erde warteten. Die Geister wollten es anders; ich ward von den Flüchtigen bis nach St. Augustin mit fortgerissen.

In dieser von den Spaniern unlängst erst erbauten Stadt kam ich in Gefahr, nach den Bergwerken von Mexiko geschleppt zu werden; ein alter Castilianer jedoch, von meiner Jugend und Einfalt gerührt, bot mir eine Freistatt an, und gab mich zu einer Schwester, mit welcher er lebte, in Kost und Pflege, denn er selbst war weib- und kinderlos.

Die zwei guten Menschen faßten eine wahrhaft zärtliche Neigung für mich; sie erzogen mich mit vieler Sorgfalt und gaben mir Lehrmeister jeder Art und jedes Fachs. Allein kaum hatt' ich dreißig Monden in St. Augustin verlebt, als mich ein Ueberdruß am Stadtleben ergriff; ich welkte sichtbar dahin: bald stand ich stundenlang regungslos da und heftete meine Blicke auf die Wipfel der fernen Waldungen; bald saß ich am Strand eines Stromes, den ich mit trauernder Seele seine Wogen dahinwälzen sah. Ich dachte und sehnte mich in die Wälder zurück, durch welche er gezogen war, und all meine Gedanken flogen der Wildniß des Urwalds zu.

Da ich der Sehnsucht, in meine Einsamkeit zurückzukehren, nicht länger mehr zu widerstehn vermochte, trat ich eines Morgens, im Anzuge eines Wilden, vor Lopez hin, in einer Hand Bogen und Pfeile, in meiner andern die europäischen Kleider. Ich gab sie meinem edeln Beschützer zurück, indem ich unter einem Strom von Thränen zu seinen Füßen sank. Ich gab mir die häßlichsten Namen, ich klagte mich selbst des Undanks an. Endlich sagte ich zu ihm: Du siehst es selbst, mein guter Vater, ich muß sterben, wenn ich nicht bald zur freien Lebensart der Indianer zurückkehre.

Lopez, im höchsten Grade überrascht, suchte mich von meinem Plan zurückzubringen. Er machte mich auf die Gefahr aufmerksam, von neuem unter die Musoculgen zu gerathen. Als er mich jedoch zum Aeußersten entschlossen sah, brach er in helle Thränen aus, drückte mich an die Brust und rief: So kehre denn, du Sohn der Natur, in jene Freiheit zurück, die Lopez dir nicht rauben will! – Wenn ich jünger wäre, ich selbst zöge mit dir in die Wildniß, die auch für mich süße Erinnerungen hat. Bist du in deinen Wäldern, so gedenke dann und wann freundlich des alten Spaniers, der dir Gastfreundschaft gewährte, und erinnere dich, damit dir deine Mitmenschen recht werth und theuer werden, daß die erste Erfahrung, die du vom menschlichen Herzen gemacht hast, ihm zur Ehre gereicht. Lopez schloß mit einem Gebete zu dem Gott der Christen, an den ich nicht glaubte, weßhalb ich denn auch nicht Christ geworden war, und schluchzend schieden wir von einander.

Die Strafe für dieses mein undankbares Benehmen gegen meinen Wohlthäter blieb nicht aus; in meiner Unerfahrenheit kam ich in den Wäldern vom rechten Wege ab, und bald sah ich mich, wie er es damals vorhergesehen, von einer Schaar umherstreifender Musoculgen und Siminolen gefangen. An meinem Anzug und an den Federn, die mein Haupt schmückten, erkannten sie mich auf der Stelle als einen Natsche. Man fesselte mich, wenn auch, meiner jungen Jahre wegen, nur leicht. Simaghan, der Anführer des kleinen Zugs, verlangte meinen Namen zu wissen. Mein Name ist Schakta, antwortete ich ihm, und ich bin der Sohn Outalissis, des Sohnes Miscous, welche den musoculgischen Helden unzählige Schädelhäute geraubt haben. Simaghan erwiderte: Schakta, Sohn Outalissis, des Sohnes Miscous, freue dich nur! du stirbst den Tod auf dem Scheiterhaufen beim Hauptlager unseres Stammes. – Gut, versetzte ich darauf, und stimmte mein Sterbelied an.

Obwohl ich Gefangener war, konnte ich mich doch während der ersten Tage nicht enthalten, meine Feinde zu bewundern. Der Musoculge, und noch mehr der Siminole, sein Bundesgenosse im Kriege, ist voll Fröhlichkeit und Liebeslust, voll Ruhe und Heiterkeit des Gemüths. Sein Gang ist leicht und anmuthig, die Art seines Umgangs mit Andern hat etwas Offenes und Herzliches. Er spricht viel und mit Geläufigkeit, seine Sprache ist wohllautend und fließend. Selbst das Alter kann den Saschems ihre natürliche Munterkeit nicht rauben; wie die greisen Vögel unserer Wälder, mischen sie ihre Lieder in die des jungen Nachwuchses.

Die Weiber und Jungfrauen, welche den Zug mitmachten, waren voll zarter, inniger Theilnahme gegen mich und meine jungen Jahre, und verbanden damit eine liebenswürdige Neugierde. Sie forschten mich aus über meine Mutter, über meine ersten Lebenstage; sie wollten wissen, ob meine Wiege aus Moos an den blühenden Zweigen des Ahorns gehangen habe; ob mich die Winde darin neben den Nestern junger Vögel geschaukelt? Dann kamen noch eine Unzahl anderer Fragen nach dem Zustande meines Herzens, wie zum Beispiel, ob ich wohl schon eine schneeige Hindin in meinen Träumen gesehen, ob mir die Bäume des geheimen Thales bereits zugerauscht, daß ich lieben möge. In meiner Unschuld antwortete ich den jungen Mägdlein wie den verheiratheten Frauen; ich sprach zu ihnen: Ihr seid die Huldinnen des Tages, und die Nacht liebt euch, wie den Thau. Der Mensch geht aus euerm Schooß hervor, um an euern Brüsten, an euern Lippen zu hangen; ihr wißt die Zauberworte, welche jeden Schmerz der Erde einschläfern. Das hat mir Die gesagt, die mich gebar, und die mich nie wieder sehen wird. Sie hat mir unter Anderm gesagt: Die Jungfrauen sind geheimnißvolle Blumen, die man an einsamen Orten pflückt. Diese Lobsprüche machten den Frauen viel Vergnügen; sie überhäuften mich mit Geschenken; sie brachten mir die Milch der Nüsse, Ahornzucker, Maiskuchen, Bärenschinken, Biberfelle, Muscheln, um mich zu schmücken, und Moos für mein Lager. Sie sangen und lachten mit mir, und dann weinten sie wieder, wenn sie daran dachten, daß mich ein so schrecklicher Tod erwartete.

In einer Nacht, in welcher die Musoculgen ihr Lager am Saum eines Waldes aufgeschlagen hatten, saß ich mit dem Jäger, der mich bewachte, am Feuer des Krieges. Plötzlich vernahm ich das Rauschen eines Gewandes im Grase, und eine halbverschleierte weibliche Gestalt setzte sich neben mich hin; ihre Wimpern waren mit Thränen benetzt; bei dem Schein der Flamme blitzte ein kleines goldenes Kreuz an ihrem Busen. Sie war von regelmäßiger Schönheit; auf ihrem Gesichte lag ein Ausdruck von holder Züchtigkeit und Leidenschaft, dessen Zauber unwiderstehlich war. Dazu kam eine unendliche Lieblichkeit und Anmuth; inniges Gefühl und süße Schwermuth sprachen aus ihren Blicken; ihr Lächeln war himmlisch.

Ich glaubte, es wäre die Jungfrau des letzten Liebesglücks, jene Jungfrau, die man dem Kriegsgefangenen zuschickt, um ihm den Tod süß und lieblich zu machen. In diesem Glauben sagte ich mit leisem Stammeln und mit einer Art von Schauer, der doch nicht von der Furcht vor dem

Scheiterhaufen herrührte: Jungfrau, du bist des ersten Liebesglücks werth, und zu gut für das letzte. Die Regungen eines Herzens, das bald seinen letzten Schlag gethan haben wird, würden die Wallungen des deinigen nur schlecht erwidern. Welches Recht hat der Tod an ein blühendes Leben wie das deine? Du würdest mich das Tageslicht zu schmerzlich bedauern lassen. Möge ein Anderer glücklicher sein als ich, und mögen ewige Umarmungen die Liane mit der Eiche vermählen!

Die Indianerin sagte hierauf: Ich bin nicht die Jungfrau des letzten Liebesglücks. Bist du ein Christ? – Ich antwortete: Ich habe die Genien meines Heimatlands nicht verrathen. Bei diesen Worten machte sie eine unwillkürliche Bewegung. Sie sprach zu mir: Ich beklage dich, daß du so ein unglücklicher Götzendiener bist. Meine Mutter hat mich zur Christin gemacht; mein Name ist Atala, und ich bin die Tochter Simaghans, des Anführers dieses kriegerischen Stammes. Wir ziehen nach Apalachukla, wo du den Scheiterhaufen besteigen wirst. – Bei diesen Worten erhebt sich Atala und entfernt sich.

Hier war Schakta genöthigt, seine Erzählung zu unterbrechen; ein Heer von Erinnerungen drängte sich in seine Seele; seine erloschnen Augen benetzten die eingefallenen Wangen mit Thränen: – so verräth sich eine in dunkler Erde verborgne Quelle durch das Wasser, welches zwischen den Felsen hervorrieselt.

O mein Sohn, nun siehst du es, fuhr endlich Schakta wieder fort, wie wenig weise ich bin, obgleich ich im Ruf der Weisheit stehe. Ach, mein liebes Kind, der Mensch kann noch weinen, wenn er auch längst nicht mehr sieht. – – So gingen mehrere Tage hin; an jedem Abende kam die Tochter Simaghans, um mit mir zu reden. – Kein Schlaf kam mehr in meine Augen, und Atala war in meinem Herzen bereits wie das Andenken an die Gruft meiner Väter.

Am siebzehnten Tage unsers Marsches, zur Zeit, wo die Eintagsfliege den Gewässern entschwebt, betraten wir die Sawanne Alachua. Sie ist ringsum von Anhöhen umkränzt, die sich hinter einander bis hoch in die Wolken erheben und in stufenweisen Erhöhungen Cocospalmen, Citronenbäume, Waldmagnolien und grüne Eichen tragen. Der Anführer des Zuges stieß den Schrei der Ankunft aus, und der Heerhaufen lagerte sich am Fuß der Hügel. Man verwies mich, in geringer Ferne von dem Lager, an den Rain einer jener in den Floriden so berühmten natürlichen Cisternen. Man band mich an einem Baumstamm fest; mit Unmuth übernahm ein Krieger die Wache bei mir. – Kaum saß ich einige Augenblicke so da, als Atala unter den Ambrabäumen der Quelle erschien. Jäger, sprach sie zu dem musoculgischen Krieger, wenn du Lust hast, so gehe in den Wald hinein und jage Rehe; ich will indessen den Gefangenen bewachen. Bei diesen Worten der Tochter seines Oberhaupts thut der Jüngling einen Freudensprung, stürzt den Hügel hinunter und eilt gestreckten Laufs durch die Ebene.

Seltsamer Widerspruch des menschlichen Herzens! Ich, der ich mich so sehr darnach gesehnt, derjenigen, die ich schon mehr liebte als das Licht des Tages, das heiligste Geheimniß meiner Seele zu Füßen zu legen, ich war jetzt stumm und verlegen, und ich glaube, lieber hätt' ich mich jetzt den Krokodilen der Cisterne vorwerfen lassen, als daß ich mich so mit Atala unter vier Augen sah. – Die Tochter der Wildniß war nicht minder verlegen, als ihr Gefangener; wir beobachteten beiderseits ein tiefes Stillschweigen; durch die Genien des seligsten Glücks waren wir der Sprache beraubt. Endlich sagte Atala nicht ohne Anstrengung: Krieger, du bist nur sehr schwach gebunden, du kannst dich losmachen und fliehen. – Dieses Wort gab mir die Sprache wieder, und ich antwortete:

Schwach gebunden wäre ich? – O Mädchen! – – – – Ich wußte nichts weiter zu reden. – Atala schwieg einige Augenblicke, dann sagte sie: Rette dich doch! – Sie band mich nun von dem Baumstamm los; ich nahm den Strick, gab ihn ihr zurück und drückte ihn ihr mit Gewalt zwischen die schönen Finger. Nimm ihn, nimm ihn, rief ich ihr zu. – Du bist von Sinnen, sagte Atala mit bewegter Stimme; Unglücklicher, weißt du denn nicht, daß dir der Tod bevorsteht? Was soll ich denn? Bedenkst du denn wohl, daß ich die Tochter eines furchtbaren Saschems bin? – Es war einmal eine Zeit, gab ich ihr unter Thränen zur Antwort, wo auch ich in einem Biberfell auf liebenden Achseln durch die Wildniß schwankte. Mein Vater besaß auch einmal ein schönes Gezelt, und seine Rehe tranken aus zahllosen Bächen; jetzt irr' ich jedoch ohne Heimat umher. Wenn ich nicht mehr bin, wird kein Freund Gras auf meinen Körper streuen, um ihn vor den Fliegen zu schützen. Der Leichnam eines armen Fremdlings flößt keine Theilnahme ein.

Diese Worte rührten Atala; ihre Thränen fielen ins Blau der Quelle hinein. Ach, nahm ich nochmals lebhaft das Wort, wenn dein Herz spräche, wie das meinige! Ist die Wildniß nicht frei? Giebt es in den Wäldern nicht heimliche Zufluchtsorte genug, um uns zu verbergen? Bedürfen die Kinder des Urwalds so Vieles zu einem glücklichen Leben? O holde Jungfrau du, schöner als der erste Traum der Brautnacht! O meine Geliebte, habe den Muth, meinen Pfaden zu folgen! So sprach ich. Atala antwortete mir sanft: Mein junger Freund, du hast die Sprache der Weißen gelernt; es ist so leicht, eine arme Indianerin zu täuschen. – Wie, rief ich, du nennst mich deinen jungen Freund! Ach, wenn ein armer Sklave ... – Wohlan, sprach sie, indem sie ihr Haupt sanft zu mir herniedersenkte, ein armer Sklave ... – – – Möchte ein Kuß, nahm ich mit Feuer das Wort, möchte doch ein Kuß ihn deiner Treue versichern! – Atala erhörte mein Flehen. – Wie ein junges Hirschkalb an Rosen-Lianen hängt, die es in einer Felswand mit zartem Zahn berührt, so hing ich an den Lippen meiner Geliebten. –

Ach, mein theurer Sohn, wie nahe gränzt der Schmerz an Glück und Seligkeit! O warum mußte der nämliche Augenblick, in dem mir Atala das erste Liebespfand schenkte, all meine Hoffnungen grausam wieder zerstören! O Schakta mit dem greisen Haupte, wie groß war dein Erstaunen, als Saschems Tochter jetzt Folgendes zu mir sprach: Schöner Gefangener! Ach, es war recht schwach und thöricht von mir, daß ich deinen Wünschen so nachgab. Denn wozu führt unsere Leidenschaft am Ende? Wie eine ewige, eine unüberspringliche Kluft gähnt der religiöse Glaube zwischen uns Beiden. O meine Mutter, was hast du gethan? ... Atala schwieg plötzlich und hielt irgend ein verhängnißvolles Geheimniß zurück, das ihr beinahe entschlüpft wäre. Ihre Worte brachten mich zur Verzweiflung. Wohlan, rief ich, so will ich es dir denn gleichthun an Grausamkeit; ich will nicht fliehen. Du wirst mich in wenigen Tagen den Feuertod leiden sehn, du wirst in der Glut das gräßliche Brodeln meines Fleisches hören und wirst jubeln darüber; nicht wahr, Atala? – Atala drückte meine Hände zwischen die ihrigen. Unglücklicher Jüngling! rief sie aus, elender Sklave des blinden Heidenthums! Wie muß ich dich beklagen! Soll ich mir denn die Seele aus dem Leib weinen? Ha, warum kann ich nicht mit dir fliehen? Unglücklich war der Schooß deiner Mutter, o Atala! Warum wirfst du dich nicht lieber gleich den Krokodilen der Cisterne vor? –

In diesem Augenblick erhoben die Krokodile, da bereits das milde Licht des Abends durch die Zweige glänzte, ihr schreckliches Geschrei. Atala sagte zu mir: Komm, gehen wir jetzt weg von da. Ich zog die Tochter Saschems an den Fuß der Hügel hin, die sich in langen Streifen ins Gras der Sawanne herunterzogen, und dadurch gleichsam kleine Meerbuchten von Smaragdgrün in derselben bildeten. Still und feierlich lag die Wildniß da. Der Storch ließ sich hören auf seinem fernen Neste; die Wälder ertönten von dem monotonen Glockenruf der Wachteln, von dem Geplauder der kleinen Kakadus, von dem Gebrülle der Büffeln und dem Wiehern der siminolischen Stuten.

Fast ohne ein Wort mit einander zu reden, gingen wir durch den Wald dahin; ich schritt neben Atala her; sie hielt das Ende des Strickes fest, den ich ihr wieder in die Hand gedrückt. Bald brachen wir miteinander in Thränen aus, bald versuchten wir wieder zu lächeln. Ein Blick, bald zum himmlischen Blau erhoben, bald zur Erde gesenkt, ein dem Gesange der Vögel lauschendes Ohr, ein Hinweis auf die liebliche Pracht des Abends, ein zärtlicher Händedruck, ein abwechselnd wogender und ruhiger Busen, die Namen Schakta und Atala zärtlich wiederholt ... O erste Wanderung zweier Liebenden, wie mächtig müssen deine Erinnerungen sein, da du, nach so vielen Jahren des Unglücks, das Herz des greisen Schakta noch so in Aufruhr bringst!

O unbegreifliche Macht der Leidenschaften! Den edeln Lopez verließ ich, trotzte den schrecklichsten Gefahren, um wieder in meine Wildnisse zurückzugelangen und wieder die freie Luft des Urwalds zu trinken: – und der einzige Blick eines Weibes änderte mit Einemmale all meine Pläne, meine Gedanken, meine Neigungen! Ich vergaß meine Heimat, meine Mutter, mein Wohngezelt und den gräßlichen Tod, der meiner wartete, ich war gleichgültig geworden gegen Alles, was sich nicht auf Atala bezog. Ohne Kraft, mich zur Vernunft des Mannes zu erheben, war ich plötzlich in eine Art von Kindheit zurückgesunken, und weit entfernt, etwas thun zu können, um dem mir drohenden Unheil zu entgehen, wär' es beinahe nöthig gewesen, daß man für meinen Schlaf und meine Nahrung sorgte.

Vergebens warf sich daher Atala nach unserm Herumstreifen im Wald mir zu Füßen, und bat mich, sie zu verlassen. Ich drohte ihr sogar, ohne sie nach dem Lager zurückzukehren, wenn sie sich weigerte, mich wieder an jenen Baumstamm zu binden. Sie war genöthigt, mir zu willfahren, indem sie sich dem Wahn hingab, mich vielleicht ein andermal zu überreden.

Am Abende nach diesem Tage, der das Schicksal meines ganzen Lebens entschied, machte man Halt in einem Thale, nicht weit von dem Hauptorte der Siminolen. Diese Indianer bilden im Vereine mit den Musoculgen den Bund der Kreks. Die Tochter des Palmenlands besuchte mich wieder in der Nacht. Sie führte mich heimlich in einen weiten Fichtenwald und bat und flehte von neuem, um mich zur Flucht zu bewegen. Ohne ihr darauf zu antworten, nahm ich sie bei der Hand, und zog sie wie eine scheue, furchtsame Hindin weiter in den Wald hinein. Die Nacht war lieblich und mild; der Genius der Lüfte schüttelte seine blauen, balsamduftenden Locken, und wir athmeten den schwachen Ambraduft ein, welchen die unter den Stromtamarinthen lagernden Krokodile von sich gaben. Im wolkenlosen Blau des Firmaments erglänzte die goldene Sichel des Mondes, und sanft und mild floß sein perlenfarbiges Licht herab auf die schwankenden Wipfel der Wälder. Kein Ton, kein Rauschen ließ sich hören; blos eine süße, räthselhafte Harmonie erklang gleich Aeolsharfensaiten aus dem Grund des Waldes; man möchte sagen, die Seele der Einsamkeit seufzte durch die weite Wildniß hin.

Wir wurden jetzt durch die Bäume hindurch einen Jüngling gewahr, der, eine Fackel in der Hand, dem Genius des Frühlings glich, welcher durch die Wälder flog, um die Natur aufs neue zu beleben. Es war ein Liebender, welcher vor der Thür seiner Geliebten um Huld und Einlaß flehte.

Wenn die Jungfrau die Fackel auslöscht, so ist sie dem Flehenden hold und er ist glücklich; verschleiert sie sich hingegen, ohne die Fackel zu löschen, so verwirft sie den Bräutigam.

Der Krieger sang, ins dunkle Gehölz schlüpfend, mit leiser Stimme folgendes Liebeslied:

»Ich will dem Tag voraneilen auf den Höhn des Gebirges, um meine einsame Taube zu suchen unter den Eichen des Waldes.

Um den Hals hab' ich ihr eine Schnur von Porzellan-Muscheln gebunden, drei rothe für meine Liebesglut, drei veilchenfarbene für meine Furcht, und drei blaue für meine Hoffnungen.

Mila hat die Augen eines Hermelins, und das wogende Haar eines Reisfeldes; ihr Mund ist eine Rosenmuschel, mit Perlen geschmückt; ihre beiden Brüste sind wie zwei fleckenlose Zwillinge eines Rehes, am nämlichen Tage zur Welt gebracht.

O möchte doch Mila die Fackel löschen, möchte ihr Athemzug darüber hinwehn, und mir eine Nacht voll Glück und Freuden bringen! Ich will Milas Schooß befruchten; der künftige Stolz unseres Stammes soll hangen an Milas nährenden Brüsten, und ich will dann die Pfeife des Friedens rauchen am Wiegenbett meines Sohns!

O laßt mich voraneilen dem emporsteigenden Tag auf die Höhn des Gebirges, und laßt mich suchen meine einsame Taube unter den Eichen des Waldes!«

So sprach der Jüngling. Bei seinem Gesange gerieth mein ganzes Gemüth in Sturm und Unruhe, und Atalas Gesicht nahm einen unbeschreiblichen Ausdruck an. Ich umschlang die Geliebte mit meinen Armen, und fühlte mit jubelnder Seele, wie sie am ganzen Körper glühte und bebte. – Doch bald zog ein anderes, für Atala noch gefährlicheres Bild unsere Blicke auf sich.

Wir kamen nämlich am Grabe eines Kindes vorbei, welches zwei feindliche Volksstämme als Merkstein benützten. Den Gebräuchen des Landes gemäß lag dieses Grab gerade am Wege, damit die jungen Frauen, wenn sie zur Quelle gingen, die Seele des unschuldigen Geschöpfes in den Schooß zu ziehen und sie so dem Vaterland wieder zurückzugeben im Stande wären. Man sah in diesem Augenblick neuvermählte Gattinnen, welche in banger Sehnsucht nach Mutterglück ihre Lippen öffneten, um die Seele des Säuglings, die, wie sie glaubten, über den Blumen schwebte, einzuathmen. Bald kam die Mutter des Kindes selbst und legte eine Maiskolbe und ein paar Lilien auf das Grab; siebenetzte die Erde mit der Milch ihrer jungen blühenden Brüste, setzte sich dann auf den feuchten Rasen hin und sprach mit rührender Stimme:

»Warum soll ich dich beweinen in deiner Wiege von Erde, o du, mein Erstgeborener! Wenn der kleine Vogel flügg wird und sein Nest verläßt, so muß er sich selbst seine Nahrung suchen, und ach, es giebt der harten und herben Samenkörner genug im Wald der Wildniß! Du hast doch wenigstens noch nicht erfahren, wie schmerzlich die Thränen auf Erden sind; deine Seele hat niemals den giftigen Athem der Menschen empfunden. Die Knospe, die schon im ersten zarten Maiengrün dahinwelkt, geht mit all ihren Wohlgerüchen vorüber, wie du, o mein Sohn, mit deiner Unschuld. Wohl denen, die schon in der Wiege sterben. Sie haben nur die Küsse und das Lächeln des Muttermundes erfahren!«

Schon von unserm eigenen Herzen verführt, erlagen wir beinahe diesen Bildern des Liebes- und des höchsten Frauenglücks, die uns in diese zauberischen Wildnisse zu verfolgen schienen. Ich trug Atala in meinen Armen ins Dickicht des Waldes hinein, und sprach mit ihr in Worten, die mir jetzt schwerlich mehr zu Gebote ständen. Selbst der Südwind, mein Sohn, kühlt sich schnell ab, wenn er an Gletschern hinstreift. Die Liebeserinnerungen im Herzen eines Greises sind wie die Flammen des Tages, die von der friedlichen Scheibe des Monds zurückstrahlen, nachdem die Sonne untergegangen ist und Ruhe und Frieden das Lager der Wilden umschwebt.

Was rettete Atala? Was hinderte sie damals, den Naturtrieben zu unterliegen? – Gewiß nur ein Wunder, und dieses Wunder geschah. Die Tochter Simaghans nahm ihre Zuflucht zu dem Gott der Christen; sie sank auf die Kniee nieder, und richtete ein heißes Gebet an ihre Mutter und an die Königin der Jungfrauen. Von da an, o René, bekam ich einen hohen, ja einen gött- lichen Begriff von diesem Glauben der Christen, der im Schooß der Wildniß und unter dem Druck der Noth und des Elends dem Leidenden, in dessen Herzen er lebt und glüht, zahllose Gaben schenkt; von einem religiösen Glauben, der, indem er seine Macht in den Kampf führt gegen den brausenden Strom der Leidenschaft, in sich selbst die Kraft besitzt, seine Gewalt zu brechen. Ueber ihn haben keine Macht die heimliche Nacht der Wälder, die Ruhe und das hei- lige Schweigen der Natur umher, wohin keines Menschen Auge blickt. Wie ein höheres Wesen erschien mir die einfache Wilde, die ungebildete Atala, die vor dem Stamm einer alten Pinie, wie am Fuß eines Altares kniend, zu Gott für den Geliebten betete. Ihre zum Gestirn der Nacht erhobnen Augen, ihre von Thränen glänzenden Wangen waren von einer wahrhaft himmlischen Schönheit. Mehr als einmal glaubte ich, jeden Augenblick müßte sie sich erheben und sich auf Flügeln ins azurne Blau emporschwingen; dann glaubte ich wieder jene Genien, welche der Gott der Christen den Einsiedlern auf den Felsen zuschickt, wenn er sie bald von dieser Erde abrufen will, auf den Strahlen des Mondes herniedersteigen zu sehen, und ihr Rauschen im Gezweige der Bäume zu vernehmen. Das Letztere machte meine Seele betrübt; denn ich fürchtete, daß Atala am Ende gar sterben und mir durch einen frühen Tod geraubt werden möchte.

Inzwischen vergoß sie einen solchen Strom von Thränen, und that so unglücklich, daß ich bereits daran dachte, zu gehn und zu fliehen, als das Geschrei des Todes im Walde erscholl. Vier indianische Krieger stürzten auf uns zu; wir waren entdeckt; das Oberhaupt des Krieges hatte uns zu verfolgen befohlen.

Atala, welche in ihrem stolzen Gang einer Königin glich, verschmähte es, ein Wort mit diesen Kriegern zu reden. Sie warf den Männern einen gebieterischen Blick zu und begab sich ruhig zu Simaghan.

Sie konnte jedoch nichts von ihm erlangen; man verdoppelte im Gegentheil meine Wachen, wie meine Fesseln, und hielt meine Geliebte von mir fern. So vergehen mehrere Nächte: endlich erblicken wir Apalachukla, am Strande des Flusses Schata-Uche. Sogleich bekränzt man mich mit Blumen, malt mir das Gesicht blau und roth an, hängt mir Perlen in Nase und Ohren, und giebt mir ein Chichikoué[5] in die Hand.

So geschmückt zu einem schrecklichen Opfertod, komm' ich unter dem wüthenden Geschrei der Feinde in Apalachukla an. Es war um mein Leben geschehen, als man das Tönen einer Muschel vernahm, und der Mico, d.h. der Häuptling des Stammes, den Befehl ertheilte, das Volk zu einer allgemeinen Berathung zusammenzurufen.

Du kennst die Qualen, mein Sohn, welche die Kriegsgefangenen bei den Wilden zu erdulden haben. Einigen christlichen Missionären war es mit Gefahr ihres Lebens und durch ihre unermüdliche Güte und Sanftmuth hie und da gelungen, die Schrecken des Feuertods in eine ziemlich sanfte Knechtschaft zu verwandeln. Die Musoculgen hatten diese Gewohnheit noch nicht allgemein angenommen; doch war bereits eine zahlreiche Partei dafür. Zur Entscheidung dieser wichtigen Angelegenheit hatte der Mico die Saschems berufen. Man führte mich an den Ort der Berathung.

Nicht weit von Apalachukla erhob sich auf einem einzeln emporsteigenden Hügel der Raths-Saal. Drei Säulenkreise bildeten eine zierliche Rotunde. Die Säulen waren von glatt polirtem und geschnitztem Cypressenholze; sie nahmen an Höhe und Dicke zu, und an Zahl ab, so wie sie sich dem durch einen einzigen Pfeiler bezeichneten gemeinsamen Mittelpunkt näherten. Von der Spitze dieses mittleren Pfeilers liefen Baumrindenstreifen nach den Spitzen der übrigen Säulen, und deckten so das Gebäude in Gestalt eines zierlich durchbrochnen Fächers.

Der Rath versammelt sich also. Fünfzig Greise in Mänteln von Biberfell nehmen der Saalthüre gegenüber die Stufen ein. Das große Oberhaupt sitzt stolz unter ihnen, und hält die halb für den Krieg gefärbte Friedenspfeife in der Hand. Zur Rechten der Greise lassen sich fünfzig Weiber nieder, in Gewändern von Schwanenfedern. Die Kriegsobersten, den fürchterlichen Tomahawk in der Hand, den Kopf mit Federn geschmückt, Arme und Brust mit Blut bemalt, nehmen zur Linken ihre Stelle ein.

Am Fuß des Hauptpfeilers brennt das Feuer des Raths. Der erste Zauberer, in langen Gewändern und von acht Wächtern des Tempels umgeben, auf dem Kopf eine ausgestopfte Nachteule, gießt Cocosnußbalsam in die Glut hinein, und opfert der Sonne. Diese dreifachen Reihen von hintereinanderstehenden Greisen, Matronen und Kriegern, diese Priester, diese Weihrauchwolken, dieses Opfer, all das wirkt zusammen, um dem Ganzen ein ehrfurchtgebietendes Ansehen zu geben.

Ich stehe gefesselt inmitten des Saals. Nachdem das Opfer vorüber ist, ergreift der Mico das Wort, und setzt auf eine einfache Art die Angelegenheit auseinander, wegen welcher der Rath versammelt worden ist. Dann wirft er ein blaues Halsband in den Saal, zum Zeugniß dessen, was er gesprochen.

Jetzt erhebt sich ein Saschem vom Stamm des Adlers, und spricht also:

Mein Vater Mico, ihr heiligen Saschems, Matronen, Krieger der vier Stämme des Adlers, des Bibers, der Schlange und der Schildkröte! Gebt nicht zu, daß man etwas an den Gebräuchen unserer Vorfahren ändere; laßt uns den Gefangenen verbrennen, und unsern Muth ungeschwächt erhalten! Man schlägt euch eine Gewohnheit der Weißen vor, darum kann sie nur verderblich für euch sein. Gebt mir ein rothes Halsband, welches meine Worte enthalte! Ich habe gesprochen.

Und er wirft ein rothes Halsband unter die Versammlung hinein.

Eine Matrone erhebt sich, und spricht:

Mein Vater Adler! Du hast den Verstand eines Fuchses und die kluge Langsamkeit einer Schildkröte. Ich will die Kette der Freundschaft mit dir hell und blank machen, und wir wollen den Baum des Friedens mit einander pflanzen. Laßt uns jedoch die Gewohnheiten unsrer Vorfahren abändern in Bezug auf *das,* was sie Unheilbringendes gebieten. Mögen wir Sklaven haben, die unsere Felder bauen, und nicht mehr laßt uns hören das Geschrei der armen Kriegsgefangenen, welches schwangere Frauen erschreckt! Ich habe gesprochen.

Wie man während eines Sturmes die Wogen des Meeres sich brechen sieht, wie im Herbst ein Wirbelwind das welke, gelbe Laub entführt, wie das Schilfrohr des Meschacebe bei plötzlichen Ueberschwemmungen sich beugt und wieder aufrichtet, wie ein Rudel von Hirschen im Walde schreit: so bewegt sich die Versammlung in dumpfem Geräusche. Saschems, Krieger, Matronen sprechen nach und durch einander. Die Interessen durchkreuzen sich, die Meinungen sind getheilt; die Rathsversammlung ist im Begriffe, aus einander zu gehen; zuletzt dringt jedoch der Vorschlag durch, den altehrwürdigen Gebrauch der Väter beizubehalten, und man verurtheilt mich zum Scheiterhaufen.

Ein Umstand verzögerte meine Hinrichtung: die jährliche Todtenfeier, *das Fest der Abgestorbenen,* nahte heran. Während der dieser Ceremonie geweihten Tage darf kein Kriegsgefangener getödtet werden. Man übergab mich einer strengen Wache, und ohne Zweifel war durch die Saschems auch die Tochter Simaghans an einen andern Ort hingebracht worden, denn ich sah sie nicht wieder.

Inzwischen waren die Völkerschaften von mehr als dreihundert Stunden im Umkreise zusammengekommen, um das Fest der Todten zu begehn. An einer einsamen Stelle im Walde machte man ein langes, hölzernes Gebäude zurecht, und als der große Feiertag anbrach, grub jede einzelne Familie ihre Väter aus den Gräbern aus, und man hängte deren Gerippe nach einer gewissen Ordnung und familienweise in diesem gemeinsamen Ahnensaal auf. Die Winde (ein Sturm hatte sich erhoben), die Wälder und die Waldströme rauschten, während Greise der verschiedenen Nationen bei der heiligen Asche der Väter Friedens- und Freundschaftsbündnisse unter einander schlossen.

Man feiert die verschiedenen Leichenspiele, den Wettlauf, das Ball- und das Knöchelspiel. Zwei Jungfrauen suchen sich beiderseits einen Weidenstab zu entreißen. Die Knospen ihrer Brust berühren sich, ihre Hände kämpfen um den Stab, den sie über ihre Köpfe schwingen. Ihre schönen nackten Füße verschlingen, ihre Lippen begegnen, ihr süßer Athem vermischt sich; sie neigen sich vorwärts und ihr Haupthaar fließt ineinander; sie blicken ihre Mütter an und erröthen: man klatscht ihnen Beifall. Der Zauberer ruft den Michabou, den Gott der Gewässer, an. Er erzählt die Kriege des großen Hasen gegen Matschimanitou, den Gott des Bösen. Er spricht von dem ersten Mann und seiner Frau Atahensika, die, weil sie die Unschuld verloren, aus dem himmlischen Paradies gestürzt wurden; von der vom Brudermord gerötheten Erde; von dem gottlosen Schuskeka, der den gerechten Tahouistsaron geopfert; von der Sündflut, die auf die Stimme des großen Geistes herniederströmte, dann von Masohu, der sich, von der ganzen Menschheit der einzige Uebriggebliebene, in seinem Kahn von Korkholz rettete, und von dem Raben, der ausgesandt worden, um wieder nach festem Grund und Boden zu suchen, endlich von der schönen Endaé, welche ihr Trauter mit seinen schmelzenden Gesangestönen wieder aus der Nacht der Todten erlöste.

Nach diesen Spielen und Gesängen schickt man sich an, den Vorfahren ein ewiges Begräbniß zu bereiten.

Am Strande des Schata-Uche stand ein wilder Feigenbaum, geheiligt durch die Verehrung der Völker. Die Jungfrauen waren gewohnt, hier ihre Kleider von Baumbast zu waschen und sie an den Zweigen dieses altehrwürdigen Baumes den Winden des Waldes Preis zu geben; dort war bereits ein ungeheueres Grab gegraben worden. Man verläßt den Trauersaal, und singt die Hymnen an den Tod; jede einzelne Familie trägt einige heilige Ueberreste; man langt an dem Grab an, man senkt sie hinab; man legt sie schichtenweise, und sondert sie durch Bären- und Biberfelle von einander ab. Der Grabhügel erhebt sich, und man pflanzt den Baum der Thränen und des Schlafes darauf.

Laß uns die Menschen beklagen, mein Sohn! Die nämlichen Indianer, deren Gebräuche etwas so Rührendes haben, die nämlichen Weiber, die mir eine so herzliche Theilnahme bewiesen, drangen jetzt mit wildem Geschrei auf meinen Tod, und mehrere Völkerschaften verschoben ihre Abreise, um einen wehrlosen Jüngling fürchterliche Todesqualen erdulden zu sehen.

In einem nördlichen Thale, in geringer Entfernung von dem Hauptlager des Stammes, erhob sich ein kleiner Wald von Cypressen und anderem Nadelholz; er führt den schrecklichen Namen: *Der Hain des Bluts.* Man gelangte in ihn durch die Ruinen eines jener Denkmäler, von deren Ursprung man nichts mehr weiß, und welche das Werk eines nunmehr längst im Strom der Zeiten untergegangenen Volkes sind. Im Mittelpunkt dieses Haines breitete sich ein ebener Raum aus, wo man die Kriegsgefangenen opfert. Man führt mich im Triumphe dahin, die nöthigen Anstalten zu meinem Tode werden gemacht: man pflanzt den Pfahl des Areskoui; die Fichten, Erlen und Cypressen fallen unter dem Schlage der Axt, der Holzstoß steigt empor, die Zuschauer bauen sich Gerüste aus Zweigen und Baumstämmen. Jeder erdenkt sich eine andere

Todesart für mich; der Eine will mir die Haut vom Scheitel schälen, der Andere will mir mit einem glühenden Eisen die Augen blenden. Ich stimme den Gesang des Todes an:

Ich fürchte die Qualen nicht; ich bin tapfer, o Musoculgen, ich fordere euch heraus! Ich verachte euch mehr als Weiber! Mein Vater Outalissi, der Sohn des Miscou, hat aus den Schädeln eurer ruchtbarsten Krieger getrunken! Ihr werdet meiner Brust keinen Seufzer erpressen, o Musoculgen!

Gereizt durch diesen Gesang, durchbohrte mir ein Krieger den Arm mit einem Pfeile; ich sprach: Bruder, ich danke dir!

So thätig und rastlos auch meine Henker waren, so wurden die Zubereitungen zu meiner Hinrichtung doch vor Einbruch der Nacht nicht mehr fertig. Das Haupt der Zauberer, bei dem man sich deßhalb Raths erholte, verbot, die Geister der Ruhe und des Schlafs durch meine Qualen zu beunruhigen, und so verschob man denn meinen Tod noch einmal bis auf den folgenden Tag. Voll Ungeduld jedoch, den Anblick des Schauspiels zu genießen, und um mit dem Anbruch des Morgenroths schon an Ort und Stelle zu sein, verließen die Indianer den Bluthain nicht; sie zündeten große Feuer an, und begannen zu schmausen und zu tanzen.

Inzwischen hatte man mich auf den Rücken gelegt und mir um den Hals, die Füße und die Arme Stricke gewunden, die an die in die Erde eingeschlagenen Pfähle befestigt waren. Krieger lagen auf diesen Stricken, und ich konnte nicht die geringste Bewegung machen, ohne daß sie es sogleich gewahr wurden. Die Nacht rückt voran, die Gesänge und Tänze hören allmählich auf; die Feuer werfen nur noch hie und da einen röthlichen Schein, bei dem man die dunkeln Gestalten einzelner Wilden dahinschweben sieht; endlich schläft rings umher Alles ein. Sowie das Geräusch der Menschen schwächer wird, fängt das in der Wildniß an stärker zu werden, und auf den Lärm der Stimmen folgt das Wehklagen des Windes im Walde.

Es war um die Zeit, wo eine Indianerin, die erst vor Kurzem Mutter geworden, in der Nacht plötzlich aufwacht, weil sie das Schreien ihres Erstgeborenen, der süße Nahrung von ihr heischt, vernommen zu haben glaubt. Die Augen zum Blau des Himmels emporgerichtet, wo der wachsende Mond zwischen Wolken seine Bahn dahinzog, dachte ich über mein Schicksal nach. Atala erschien mir als ein Ungeheuer von Undankbarkeit. Mich im Augenblick des Todes zu verlassen, mich, der sich lieber den Flammen opfern, als sich von ihr trennen wollte! Und dennoch fühlte ich, daß ich sie mehr als jemals liebte, daß ich mit Freuden bereit war, mein Leben für sie zu lassen.

Der Genuß der höchsten Lust führt einen Stachel mit sich, der uns weckt, um uns gleichsam zu ermahnen, den flüchtigen Augenblick zu benützen; in einem großen Unglück hingegen liegt etwas Niederdrückendes, das uns einschläfert; Augen, die da matt und müde sind von vielem Weinen, suchen sich endlich von selbst zu schließen, und so ist denn selbst im Unglück die ewige Güte der Vorsehung sichtbar. Zwischen Traum und Wachen überkam mich zuletzt jener dumpfe Schlaf, der selbst den Elenden dann und wann erquickt. Es war mir, als löste mir Jemand meine Fesseln; ich glaubte jenes sanfterleichternde Gefühl zu haben, welches man hat, wenn eine hilfreiche Hand unsere Fesseln lockerer macht.

Ich empfand dieses Gefühl zuletzt so lebhaft, daß ich die Augen aufschlug. Bei der Helle des Mondes, von dem ein Strahl zwischen zwei Wolken hervorbrach, sah ich eine hohe weibliche Gestalt, licht wie der Schnee, welche, über mich hingebeugt, damit beschäftigt war, mir still die Fesseln zu lösen. Vor Schrecken stieß ich fast einen lauten Schrei aus, als eine theure Hand, die ich sogleich erkannte, mir den Mund verschloß. Ein einziger Strick war noch übrig; doch schien es mir unmöglich, ihn zu zerschneiden, ohne dabei den Krieger zu berühren, der ihn mit seinem ganzen Körper bedeckte. Atala versucht es; der Krieger erwacht halb und halb und setzt sich auf. Atala bleibt regungslos stehen und blickt ihn starr an. Der Indianer glaubt den Geist der Ruinen zu sehen und legt sich wieder hin, indem er die Augen schließt und seinen Manitou anruft; der letzte Knoten ist jetzt zerschnitten. Ich erhebe mich und folge meiner muthigen Befreierin, die mir das Ende eines Bogens reicht, dessen anderes Ende sie selbst gefaßt hat. Doch wie viele Gefahren umringen uns noch! Bald sind wir nahe daran, an eingeschlafene Wilde zu stoßen, bald fragt uns eine Wache und Atala antwortet mit verstellter Stimme; Kinder schreien, Rüden schlagen an. Kaum haben wir den furchtbaren Kreis hinter uns, als wildes Geheul den Wald durchtobt; das Lager ist plötzlich rege, zahllose Feuer lodern empor, von allen Seiten sieht man Wilde mit Fackeln umherlaufen; wir beflügeln unsere Schritte.

Als die Morgenröthe die Apalachen beglänzte, waren wir schon fern. Wie groß war meine Seligkeit, mich noch einmal mit Atala, meiner Befreierin, mit meiner mir ganz und gar ergebenen Atala, in tiefer Waldeseinsamkeit zu befinden! Die Sprache fehlte mir, ich fiel auf die Knie nieder und sprach zu der Tochter Simaghans: Die Menschen sind sehr wenig; aber wenn Genien sie besuchen, so sind sie gar nichts. Du bist ein Genius; du hast mich besucht und ich kann nicht vor dir reden. – Atala reichte mir lächelnd die Hand: Ich muß dir wohl folgen, sprach sie, da du ohne mich doch nicht fliehst. In dieser Nacht habe ich den Zauberer durch Geschenke bestochen, ich habe deine Henker mit Feuergeist[6] berauscht, und ich habe mein Leben für dich wagen müssen, da du das deinige für mich gegeben hast. Ja, junger Götzendiener, setzte sie mit einem Tone hinzu, der mich erschreckte: das Opfer soll ein gegenseitiges sein.

Atala gab mir jetzt einen Speer und ein Schwert, die sie mit klugem Sinn für mich mitgebracht, und verband mir meine Wunden. Als sie dieselben mit einem Papayabaumblatt reinigte, fielen ihre Thränen darauf. Du träufelst Balsam in meine Wunden, sprach ich zu ihr. – Ich fürchte vielmehr, es möchte Gift sein, war ihre Antwort. Sie zerriß ihr Busentuch, machte einen ersten Umschlag daraus, und befestigte ihn dann mit einer Haarlocke an meinem Arm.

Die Trunkenheit nach dem Genuß geistiger Getränke, welche bei den Wilden gewöhnlich länger währt, als bei uns Europäern, und welche für sie eine Art von Krankheit ist, hinderte sie ohne Zweifel im ersten Augenblick an unserer Verfolgung. Wenn sie uns auch später nachsetzten, so ist es wahrscheinlich, daß es gegen Westen hin geschah, in der sicheren Voraussetzung, wir würden den Meschacebe zu erreichen gesucht haben; wir hatten jedoch den Weg nach dem unbeweglichen Stern[7] eingeschlagen, indem wir uns nach dem Moos an den Baumstämmen richteten.

Wir wurden bald gewahr, daß wir durch meine Befreiung fürs Erste nur wenig gewonnen hatten. Die amerikanische Wildniß entfaltete jetzt vor uns ihre unermeßliche Einsamkeit. Ohne Erfahrung im Waldleben, pfadlos und ohne Wegweiser, aufs Ungefähr weiter und weiter wandernd, was sollte aus uns werden? Oft, wenn ich Atala anblickte, erinnerte ich mich an jene Geschichte von der Hagar, die Lopez mir zu lesen gegeben, und die sich vor langer, langer Zeit, als die Menschen noch drei Eichen-Alter lebten, gleichfalls in einer Wüste, in der von *Bersaba,* begeben.

Atala machte mir einen Mantel von dem Baste der Esche, denn ich war fast nackt. Mit Borsten vom Stachelschwein verfertigte sie mir Mecassinen[8] aus dem Fell des Moschusthiers. Ich meinerseits sorgte für den Kleiderstaat und Glanz meiner Atala. Bald setzte ich einen Kranz von blauen Malven, die wir unterwegs auf verlassenen indianischen Gräbern fanden, auf ihr Haupt, bald machte ich ihr ein Halsband von rothen Azaleen-Körnern; dann blieb ich oft lächelnd vor ihr stehn und betrachtete entzückt ihre wunderbare Schönheit.

Wenn wir an einen Fluß kamen, so setzten wir bald auf einem Floß, bald schwimmend hinüber. Atala stützte sich mit den Armen auf mich, und wie zwei wandernde Schwäne zogen wir durch die einsamen Wogen.

Oft suchten wir, wenn die Glut des Tages am schrecklichsten war, Schutz unter den Moosen der Cedern. Die meisten Bäume in Florida, und insbesondere die Ceder und die Steineiche, sind mit einem weißlichen Moos bedeckt, welches von den Aesten bis auf die Erde herabhängt. Wenn man in der Nacht, im bleichen Mondlicht, eine mit Moos überwachsene Eiche im Grün der sterilen Sawanne gewahrt, so glaubt man ein Gespenst zu sehen, welches seinen langen Schleier nachschleppt. Am Tage ist der Anblick nicht minder malerisch; denn dann hängen sich eine Unzahl von farbenprächtigen Schmetterlingen, Glanzfliegen, Kolibris, grünen Papageien und hellblauen Elstern an dieses Moos, und bilden gleichsam wollene Teppiche, in deren glänzenden Schnee ein europäischer Künstler glänzende Insekten und Vögel gestickt hat.

Unter diesen lieblichen grünen Lauben, diesen von der Hand des großen Geistes geschwungenen Gewölben saßen wir denn selig mit einander in süßer, schattiger Ruhe. Wenn die Winde herniedersteigen, um das Laub der mächtigen Ceder zu wiegen, und unser von Zweigen erbautes Lustschloß mit den unter seinem goldgrünen Dach schlummernden Vögeln und Reisenden hin- und herschwankte, wenn zahllose Seufzer aus den Wölbungen dieses schwebenden Gebäudes ertönten, o dann kam keines jener Wunder, deren die alte Welt sich rühmt, diesen heiligen Wundern des Urwalds nahe.

Des Abends zündeten wir uns jedesmal ein luftiges Feuer an und richteten uns unsere Herberge aus breiten, auf vier Stangen ruhenden Baumrindenstücken zu. Hatt' ich einen Truthahn, eine wilde Taube, einen Waldfasan erlegt, so hingen wir sie vor den brennenden Eichstamm, indem wir sie an einen Ast steckten, den wir in die Erde schlugen, und überließen es dem Wind, den leichterbeuteten Braten des Jägers zu drehen. Wir pflückten uns zum Mahl Moosarten ab, welche die Wilden *Felsengekröse* nennen; dann zuckersüße Birkenrinden und Maiäpfel, die den Geschmack der Pfirsiche mit dem der Himbeeren vereinen. Der schwarze Nußbaum, der Ahorn, der Sumak lieferten den Wein auf unsern Tisch. Bisweilen suchte ich unter den Schilfen eine Pflanze, deren länglichte, dütenförmige Blume ein Glas des reinsten Thaues enthielt. Wir segneten die Vorsehung, die, selbst zwischen giftigen Sümpfen, in einen zarten Blumenkelch diese reine Quelle senkte, so wie sie in der Nacht eines von Gram verzehrten Herzens süße Hoffnungen und himmlische Tugenden aus dem Schooß des menschlichen Elends entstehen läßt.

Leider nahm ich bald wahr, daß ich mich in Bezug auf Atalas scheinbare Ruhe sehr getäuscht. Je weiter wir gingen, desto trauriger ward sie. Oft erbebte sie ohne Ursache, und wandte plötzlich den Kopf um. Bisweilen überraschte ich sie, wie ihr Blick voll Leidenschaft auf mir ruhte und sich dann in tiefer Schwermuth wieder im himmlischen Blau verlor. Was mich indeß am meisten erschreckte, war ein Geheimniß, ein verborgener Gedanke, der ihr im Grund der Seele zu brüten schien, und den ich ihr an den Augen ablas. Indem sie mich bald sanft an sich zog, bald wieder zurückstieß, belebte und vernichtete sie wieder meine Hoffnungen, und so oft ich glaubte, einen kleinen Fortschritt in ihrem Herzen gemacht zu haben, befand ich mich plötzlich wieder auf dem nämlichen Punkt. Wie oft sprach sie zu mir: O mein junger, theurer Freund! Ich liebe dich wie die liebliche Kühle der Wälder in der Glut des Mittags! Du bist schön wie die Wildniß mit all ihren Blumen und schmeichelnden Lüftchen. Wenn ich mich über dich hinneige, so zittere ich, wenn meine Hand in die deinige sinkt, so ist es mir, als müßte ich sterben. Als du jüngst in meinem Schooß ruhtest, und der Wind mir deine Locken ins Gesicht wehte, glaubte ich das sanfte Berühren unsichtbarer Geister zu empfinden. Ja, ich habe die Hindinnen vom Berge Okkom gesehen, ich habe den weisen Reden gehorcht der silberlockigen Greise, die da satt und müde waren dieser schönen Erde; doch die Sanftmuth der Hindinnen ist nicht so lieblich, die Weisheit der Greise nicht so mächtig, als deine lieben Worte. Und doch, du armer Schakta, kann ich niemals, niemals die Deinige werden.

Die beständigen Widersprüche von glühender Leidenschaft und Resignation in Atalas Benehmen, ihre süße Zärtlichkeit und ihre sittliche Reinheit, der Stolz ihres Charakters und ihr tiefes Gefühl, ihre fast übermenschliche Kraft in großen, ihre Schwachheit in kleinen Dingen, all das zusammen machte sie zu einem mir unbegreiflichen Wesen. Ohne selbst eine Ahnung davon zu haben, übte sie einen ungeheuern Einfluß aus auf jeden andern Sterblichen; voll von Leidenschaften, war sie auch voll Kraft; man mußte sie entweder anbeten oder hassen.

Nach fünfzehn Nächten eines eiligen Marsches erreichten wir endlich die Alleganysche Gebirgskette, und kamen an einen Arm des Flusses Tennessee, der sich in den Ohio ergießt. Nach Atalas Rath und Angabe brachte ich einen kleinen Kahn zu Stand, den ich mit dem Harz des Pflaumenbaumes zusammenzuleimen suchte, nachdem ich dessen Rinden mit Tannenwurzeln durchflochten. Dann schiffte ich mich mit Atala ein, und überließ den schwankenden Nachen der Strömung des Flusses.

Das Lager des indianischen Volksstammes der Sticoes mit seinen pyramidenförmigen Gräbern und seinen verfallnen Wohnungen zeigte sich zu unserer Linken an dem Kamm eines Vorgebirgs; zur Rechten erblickten wir das Thal von Kow, welches mit der Aussicht auf die Gezelte von Jore schließt, die an dem Fuß des gleichnamigen Gebirges liegen. Der Strom, welcher unsern Nachen trug, floß zwischen gewaltigen Felsenufern hin, an deren Scheiteln sich die Strahlen eines prächtigen goldenen Sonnenuntergangs brachen. Nicht eine Seele außer uns ließ sich sehen in dieser tiefen Waldeseinsamkeit. Nur einen einzigen indianischen Jäger sahn wir einmal von Weitem, der, auf seinen Bogen gestützt, regungslos auf einem hohen Felsen stand, und einer Bildsäule glich, die man auf dem Berge dem Genius der Wildniß geweiht.

Mit keinem Wort unseres Mundes unterbrachen Atala und ich das heilige Schweigen der Natur umher. Mit Einemmale jedoch ließ die liebliche Tochter des Exils ihre Stimme voll Rührung und Schwermuth durch die Lüfte erklingen; sie besang ihr fernes Heimatland:

»Glücklich Diejenigen, welche nie den Rauch bei den Festen des Fremdlings sahen, und die nur bei den Gastmählern der Väter saßen!

Wenn die blaue Dohle des Meschacebe zum bunten Finken von Florida spräche: Warum wehklagst du so traurig, hast du hier nicht auch klare Brünnlein und schattige Kühle, nicht die nämlichen grünen Wiesen, um darauf zu weiden, wie daheim in deiner Wildniß? – Ja, spräche dann der flüchtige Finke dagegen; aber mein Nest ist im Jasmin, wer wird es mir bringen? Und die Sonne meines Thals, wo ist sie jetzt?

Glücklich Diejenigen, welche nie den Rauch bei den Festen des Fremdlings sahen, und die nur bei den Gastmählern der Väter saßen!

Nach Stunden eines langen, ermüdenden Tagmarsches setzt sich der Wanderer traurig nieder. Er betrachtet um sich her die Dächer der Menschen; er selbst hat nichts, wo er sein Haupt zur Ruhe hinlegte. Er klopft an dem Haus an, er lehnt den Bogen hinter die Thüre, er ersucht um gastfreundliche Aufnahme; der Herr des Hauses macht eine Bewegung mit der Hand; der Wanderer ergreift seinen Bogen wieder, und kehrt in die Wildniß zurück.

Glücklich Diejenigen, welche nie den Rauch bei den Festen des Fremdlings sahen, und die nur bei den Gastmählern der Väter saßen!

Wunderbare Märchen, beim Scheine des Herdes er zählt, süße Herzensergießungen, freundliche Gewohnheiten, einander zu lieben, so hold und so nothwendig dem Leben, ihr habt die Tage jener Glücklichen bekränzt mit euren Blumen, die niemals den Boden der Heimat verließen! Ihre Gräber liegen in vaterländischer Erde, das Abendroth umglänzt, die Thräne der Freundschaft benetzt, die Schönheit religiöser Gebräuche zieren und adeln sie.

Glücklich Diejenigen, welche nie den Rauch bei den Festen des Fremdlings sahen, und die nur bei den Gastmählern der Väter saßen!«

Also sang Atala; nichts unterbrach ihre Klagen, als des Kahns leises Rauschen durch die Stromflut. Nur hin und wieder wurden sie von einem schwachen Echo wiederholt, welches sie einem zweiten, schwächern, und dieses wieder einem noch schwächern zutrug. Es war, als wenn die Geister zweier Liebenden, einmal so unglücklich wie wir, von der rührenden Melodie angelockt, jedesmal mit Schmerzenslust die letzten Töne im Gebirge zurückriefen.

Indeß fachte die Einsamkeit, fachte die beständige Gegenwart des geliebten Gegenstands, fachte endlich unser Unglück selbst jeden Augenblick unsere Liebesglut mehr und mehr an. Atalas Kräfte fingen an sie zu verlassen, und die Leidenschaften, deren Feuer ihr Gebein durchwühlte, waren nahe daran, ihr den Kranz des Sieges zu rauben. Sie betete beständig zu ihrer verstorbenen Mutter, als wollte sie deren erzürnten Schatten besänftigen. Bisweilen fragte sie mich, ob ich denn nicht eine klagende Stimme vernähme, ob ich nicht Feuersflammen aus der Erde hervorbrechen sähe? – Ich, von Anstrengung erschöpft, und dennoch vor Begierde glühend, hielt mich in diesen Wäldern so wie so für verloren. Hundertmal war ich im Begriff, sie als mein Weib in die Arme zu schließen, hundertmal schlug ich ihr vor, an diesen Ufern uns eine einsame Wohnstatt zu bauen, und uns mit einander darin zu begraben. Doch stets widerstrebte mir Atala wieder. Bedenke, mein junger Freund! sprach sie zu mir, was ein Krieger seinem Vaterlande schuldig ist. Was ist ein Weib, den Pflichten gegenüber, die du dem Land der Heimat schuldig bist? Sei guten Muths, Sohn des Outalissi, und hadere nicht mit deinem Schicksal! Das Herz des Menschen ist wie der Schwamm im Strome; bald trinkt er die reine Quelle, wenn es klar und heiter im Freien ist, bald schwillt er an von grauem und unreinem Schlamm, nachdem Sturm und Regen seine Flut getrübt. Hat nun der Schwamm das Recht zu sagen: ich glaubte, es gäbe keinen Wolkenbruch und gäbe keine glühende Sonne?

O René! wenn du den Sturm und die Unruhen des Herzens fürchtest, so traue der Einsamkeit nicht; die großen Leidenschaften suchen sie auf, und sie in die Wildniß mitbringen, heißt ihnen erst recht die Herrschaft einräumen. Von Sorgen und Furcht zu Boden gedrückt, und jeden Augenblick der Gefahr Preis gegeben, unter feindliche Indianer zu gerathen, von tobenden Gewässern verschlungen, von Schlangen gestochen, von wilden Thieren zerrissen zu werden; nur mit Mühe im Stande, eine kärgliche Nahrung zu finden, und gänzlich rathlos, wohin wir unsere Schritte lenken sollten, schienen unsere Leiden keines Zuwachses mehr fähig, als ein ganz und gar unvorhergesehenes Ereigniß denselben noch so zu sagen die Krone aufsetzte.

Es war der sieben und zwanzigste Tag seit unserer Flucht; der Feuermond[9] hatte bereits seinen Lauf begonnen, und der Druck und die Schwüle der Luft waren ein sicheres Zeichen, daß ein Orkan im Anzuge war. Um die Zeit, zu der die Matronen die Sichel an den Ast des Sevenbaums hängen, und die Papageien in ihre Cypressenhöhlungen schlüpfen, bedeckte sich das heitere Blau des Himmels plötzlich mit schweren, schwarzen Wolken. Die Thiere des Waldes wurden still; kein Ton, kein leises Rauschen war mehr zu spüren, und rings in der weiten, einsamen Wildniß brütete Ruhe und Schweigen.

Doch der Sturm lag in der Luft, und wenige Minuten später ächzte und stöhnte es durch die Aeste, und mit donnerndem Getöse brach's mit Einemmale in den Wald herein, in den Wald, der so alt ist, wie die Erde.

Aus Furcht, im Schlamm und Moor zu versinken, suchten wir so schnell als möglich das Gestade des Stroms, und von da ein kleines Gehölz zu erreichen.

Der Boden dieser Waldpartie war sumpfig. Mühsam wanden wir uns unter Lauben von Smilar, zwischen wilden Reben, Indigostauden, Bohnenranken und kriechenden Lianen, welche unsere Füße wie Netze umstrickten, hindurch. Das schwammige Erdreich wich unter unserm Fußtritt zurück, und jeden Augenblick glaubten wir in Moräste zu sinken. Insekten ohne Zahl, ungeheure Fledermäuse verfinsterten die Luft; Klapperschlangen umzischten uns von allen Seiten; und die Wölfe, Bären, Carcajus, die kleinen Tiger, die sich in diesen Schlupfwinkeln verbargen, flohen mit ängstlichem Heulen und Winseln dicht neben uns des Wegs dahin.

Inzwischen wächst die Finsterniß von Minute zu Minute: die niederhängenden Wolken dringen in die Nacht der Waldung. Die Wolke platzt, und schlängelnde Blitze zeichnen feurige Furchen in die Luft. Ein ungestümer Wirbelwind erhebt sich aus Westen und wälzt Wolken auf Wolken; die Wälder beugen sich, Schlag auf Schlag zerreißt die schwarze Decke des Firmaments, und durch den Riß der Wolken hindurch erblickt man neue himmlische Fluren und lodernde Gefilde. – Welches schreckliche, welches erhabne Schauspiel! Der Blitz wirft sein Feuer in den Wald hinein; die Lohe schlägt empor wie flammendes Haupthaar; Säulen von Funken und Rauch steigen zum Gewölk hinauf, welches mit seinem noch gewaltigeren himmlischen Feuerschein die ungeheure Brandstätte beglänzt. Dann bedeckt der große Geist die Berge wieder mit seinen pechschwarzen Finsternissen, und aus dem Schooß dieses ungeheuren Chaos ringt sich ein verworrenes Getöse los, das aus dem Brausen des Sturms, dem Geächze der Bäume, dem Heulen der wilden Thiere, dem Prasseln der Feuersglut, und den wiederholten Keulenschlägen des Donners entsteht, die zischend in der Flut des Stroms ersterben.

Der große Geist dort droben weiß es! In diesem Augenblick sah ich nur Atala, dacht' ich nur an sie. Unter den niederhangenden Zweigen eines Baumes gelang es mir, sie gegen den Regen zu schützen. Ich selbst, wie ich so dasaß mit ihr am Fuß des Baumes, und meine Geliebte im Arm hielt, und ihr die Füße zwischen meinen Händen zu erwärmen suchte, war glücklicher als ein junges Weib, welches die ersten leisen Regungen des Kindes unter seinem Herzen fühlt.

Wir horchten auf das Toben des Sturms; plötzlich fühlte ich eine Thräne Atalas auf meiner Brust. O Sturm des Herzens, rief ich, ist das ein Tropfen deines Regens? – Dann umschloß ich die Geliebte inniger. Atala, sprach ich zu ihr, du hast ein Geheimniß vor mir. Sage mir doch, was dich so drückt und ängstigt, meine Geliebte! Es thut so wohl, wenn ein Freund in unsere Seele blickt. Theile mir ihn doch mit, deinen heimlichen Schmerz, den du mir mit solchem Eigensinn vorenthältst. Ach, ich seh' es wohl, es ist deine Heimat, nach der du dich sehnst. – Sie gab mir sogleich zur Antwort: O mein Freund! Welchen Grund hätt' ich denn zu einem so tiefen Heimweh? War doch mein Vater selbst nicht einmal aus dem Land der Palmen. – Wie, erwiderte ich mit dem höchsten Erstaunen, dein Vater war nicht aus dem Land der Palmen! Wer war dann Derjenige, der dich dieser Erde gab? Antworte! – Atala sprach hierauf Folgendes:

Meine Mutter hatte, bevor sie dem Krieger Simaghan dreißig Stuten, zwanzig Büffeln, hundert Maß Eichelnöl, fünfzig Biberfelle und viele andere Schätze zur Morgengabe brachte, einen Mann geliebt, der nicht braun wie wir, sondern ein Weißer war. Die Mutter meiner Mutter sprengte ihr jedoch Wasser ins Gesicht, und zwang sie, den tapfern Simaghan zu heiraten, der einem Könige glich und wie ein Genius geehrt war von den Völkern. Doch meine Mutter sprach zu ihrem neuen Gatten: Mein Schooß hat empfangen, tödte mich. – Simaghan antwortete ihr: Der große Geist bewahre mich vor einer so bösen That! Ich will dich nicht schänden, dir nicht Nase und Ohren abschneiden, weil du so aufrichtig gewesen bist gegen mich, und weil du deinen Mann nicht betrogen hast. Die Frucht deines Leibes soll meine Frucht sein, und ich will dich erst besuchen nach dem Wegzuge des Reisvogels, wenn der Mond zum dreizehnten Male geglänzt hat. Um diese Zeit entwand ich mich dem Schooß meiner Mutter, und ich wuchs heran, stolz wie eine Spanierin und wie eine Wilde. Meine Mutter erzog mich zur Christin, auf daß ihr Gott und der Gott meines Vaters auch *mein* Gott werden möchte. Späterhin überkam sie tiefer Liebesgram, und sie stieg in die kleine, mit Thierhäuten bedeckte Grube hinab, aus der man nicht mehr emporsteigt. – Das war Atalas Geschichte.

Und wer war denn dein Vater, arme Waise? sagte ich zu ihr. – Wie hieß er bei den Menschen auf Erden, und welchen Namen trug er unter den Genien? – Ich habe nie die Füße meines Vaters gewaschen, antwortete Atala; ich weiß nur, daß er zu St. Augustin mit seiner Schwester lebte, und daß er meiner Mutter treu blieb bis in den Tod! – *Philipp* war sein Name unter den Engeln, und unter den Menschen *Lopez*.

Bei diesen Worten stieß ich einen Schrei aus, der in der ganzen Einöde widerklang; die Ausbrüche meines Entzückens vermischten sich mit dem Brausen des Sturms. Indem ich Atala an mein Herz drückte, rief ich unter Schluchzen aus:

O meine Schwester, o Tochter des Lopez, Tochter meines Wohlthäters! – Erschrocken fragte mich Atala, woher dieses närrische Benehmen von mir käme? Als sie jedoch erfuhr, daß Lopez der nämliche edle Gastfreund war, der mich damals zu St. Augustin an Kindesstatt annahm, und den ich dann in meinem unwiderstehlichen Freiheitsdrang wieder verließ, da war auch sie überrascht und außer sich vor freudigem Erstaunen.

Dieses neue Glück geschwisterlicher Freundschaft, welches so plötzlich zu unserm Liebesglück hinzukam, war allzuviel für unsere Herzen. Von nun an begann der Kampf Atalas kraftlos zu werden; es half ihr nichts mehr, daß ich fühlte, wie sie die Hand auf ihren Busen legte und eine außerordentliche Bewegung machte; ich hatte sie bereits umfaßt, mich in ihrem Athem berauscht und den ganzen Zauber junger Liebesseligkeit von ihren Lippen getrunken. Die Augen zum Sternendom erhoben, hielt ich beim Leuchten der Blitze, Angesichts des Ewigen, die Braut meiner Wahl in den Armen. O Hochzeitsfeier, würdig unserer Leiden und der Macht unserer Leidenschaft! O stolze Wälder, die ihr mit euern Lianen, mit euern Wipfeln, gleichwie mit grünen Gardinen unser Brautbett umwehtet! Ihr lodernden Pinien, ihr Fackeln Hymens an unserem Feste! Ihr uferlos brausenden Ströme, ihr donnernden Gebirge, du zugleich schreckliche und majestätische Natur, o so war denn all deine Pracht nichts weiter, als ein hohles Gepränge, um uns Zwei zu täuschen! Und wäre es denn nicht möglich gewesen, auf einen kurzen Augenblick mit euern Schauern dem Glück eines Sterblichen zum seligen Schleier zu dienen?

Atala leistete nur noch schwachen Widerstand; ich war bereits meinem Glücke nahe, als plötzlich mit einem furchtbaren Schlag ein ungeheurer Blitzstrahl durch die Nacht herabfährt, so daß der Wald einen Augenblick in Licht und Schwefel steht, und einen Baum gerade zu unsern Füßen in Grund und Boden niederschlägt. – Wir fliehen weiter. Da, o Wunder, durch die Stille, die nun folgt, hören wir den Klang einer Glocke. Ueberrascht horchen wir diesen in einer Einöde so unerwarteten Tönen. Im nämlichen Augenblick schlägt fernes Hundsgebell an unser Ohr; es ist ein Bernhardinerhund; er naht sich, er ist da, er heult vor Freude zu unsern Füßen; ein alter Einsiedler, mit einer Laterne in der Hand, folgt ihm durch die Finsterniß des Walds.

Gepriesen sei die Vorsehung, ruft er, so bald er uns erblickt. Ich suche euch schon seit ein paar Stunden. Unser guter Hund da hat euch schon beim Ausbruch des Sturms gewittert und mich hieher geführt. Gott, wie jung sie beide noch sind! Was haben sie durchgemacht in dem Sturm! Her da zu mir! Da hab' ich ein Bärenfell mitgebracht, das ist für die arme Kleine; auch ist noch ein wenig Wein in meiner Kürbisflasche. Gott sei gelobt in allen seinen Werken; sein Erbarmen ist groß und seine Güte unendlich! –

Atala lag dem Geistlichen zu Füßen. Vorsteher des Gebets, sprach sie zu ihm, ich bin eine Christin, Gott selbst hat dich mir zugesandt; o rette, rette mich und meinen jungen Gefährten da! – Meine Tochter, antwortete der Einsiedler, indem er sie aufhob, wir läuten gewöhnlich die Missionsglocke während der Nacht und bei Gewittern, um dadurch die Fremden herbeizurufen; auch haben wir nach dem Beispiel unserer Brüder in der Schweiz und auf dem Libanon unsern treuen Bernhardinerhund gelehrt, nach pfadlos irrenden Reisenden im Gebirge zu spüren. –

Ich meinerseits begriff den Einsiedler kaum; eine solche Nächstenliebe erschien mir so erhaben über die menschliche Natur, daß ich zu träumen glaubte. Bei dem Schein der kleinen Laterne, die er in der Hand hielt, erblickte ich seinen langen, silbernen Bart und seine triefenden Locken; seine Füße, seine Hände und sein Gesicht waren von den Dornen blutig geritzt. O Greis, rief ich aus, welchen Muth besitzest du, da dich doch so gar keine Furcht beschleicht, vom Blitz erschlagen zu werden? – Furcht? versetzte der Pater mit Wärme, Furcht? Wenn Menschen in Gefahr sind, denen ich in der Noth beispringen kann? Dann wäre ich ein sehr schlechter Diener Jesu Christi! – Du weißt noch nicht, gab ich ihm zur Antwort, daß ich kein Christ bin? – Junger Mann, versetzte der Eremit, hab' ich dich schon um deinen Glauben befragt? Jesus Christus hat nicht gesagt: Mein Blut wird Diesen oder Jenen reinigen; er ist für die Juden und Heiden gestorben, wie für die Christen, und er hat in den Menschen nur Brüder und Unglückliche gesehen. Was ich hier für euch thue, ist sehr wenig, und ihr werdet anderwärts gewiß kräftigere Hülfe finden; doch der Preis dafür gebührt nicht den Priestern. Was sind wir armen Eremiten Anderes, als die unwürdigen Werkzeuge des himmlischen Liebeswerks auf Erden? Welcher Krieger wäre ehrlos genug, zurückzubleiben, wenn sein göttlicher Kriegsherr, das Kreuz in der Hand und die Dornenkrone auf dem Haupt, zum Beistand der Menschen ihm vorangeht? –

Bei diesen Worten schwoll mir die Seele höher, und ich vergoß Thränen der Bewunderung und der Rührung. Meine lieben Kinder, sprach nun der Einsiedler, ich unterrichte in diesen Waldungen eine kleine Schaar eurer wilden Brüder. Meine Grotte ist nicht weit von hier; folgt mir und erwärmt euch darin; es werden euch dort zwar die gewohnten Bequemlichkeiten des Lebens fehlen; doch werden wir wenigstens ein freundliches Obdach mit einander finden, und auch dafür müssen wir der Vorsehung danken, denn es giebt auf der Welt Menschen genug, die nicht einmal ein solches haben.

II. Die Ackerbauern

Es giebt in der Welt Gerechte, deren Gewissen so ruhig ist, daß man sich ihnen nicht nähern kann, ohne an dem Frieden, den so zu sagen ihr Herz und ihre Reden athmen, mit Theil zu nehmen. Sowie der Einsiedler sprach, besänftigte sich allmählich auch der Sturm in meiner Brust, und selbst der Sturm in der Natur draußen schien vor seiner Stimme zurückzuweichen. Bald zertheilte sich das Gewölk, und wir konnten unsern Zufluchtsort verlassen. Als wir aus dem Wald herauskamen, mußten wir einen steilen Bergrücken hinansteigen. Der gute Bernhardinerhund trabte vor uns her, und trug an einem Stocke die ausgelöschte Laterne. Atala und ich folgten Hand in Hand dem Missionsgeistlichen. Er sah sich oft nach uns um, und nahm sich unser Unglück und unsere jungen Jahre sichtbar mit inniger Theilnahme zu Herzen. Ein Buch hing an seinem Halse, er selber stützte sich auf einen weißen Stab. Sein Wuchs war hoch, seine Gestalt abgezehrt und mager, und der Ausdruck seines Gesichts schlicht und ehrlich. Er besaß nicht die faden und so gar nichtssagenden Züge eines Menschen, der ohne Leidenschaften geboren ist; man sah, daß auch er schon böse Tage erlebt, und die Runzeln seiner Stirne zeigten die schönen Narben von ehemaligen Leidenschaften, welche nur durch hohe Tugenden und durch treues und selbstaufopferndes Wirken für Gott und die Menschheit geheilt worden waren. Wenn er still stand, um mit uns zu sprechen, so machte schon sein langer Bart, sein bescheiden zu Boden niedergeschlagener Blick und der sanfte Klang seiner Stimme einen ungemein beruhigenden und Ehrfurcht gebietenden Eindruck. Wer, wie ich, den Pater Aubry mit seinem Stabe und seinem Brevier einsam durch die Wildniß wandeln sah, der hat eine richtige Vorstellung von dem christlichen Pilgrim auf Erden.

Nach einer kurzen, zum Theil gefährlichen Wanderung durch das unwegsame Gebirge kamen wir endlich glücklich bei der Grotte des Einsiedlers an, und traten zwischen niederhängenden Epheuranken und Giraumonts, welche durch den Regen von den Felsen heruntergespült worden waren, in dieselbe hinein. Wir fanden darin nichts, als ein ärmliches Lager von Papayablättern, eine Kürbisflasche, um Wasser zu schöpfen, einige hölzerne Gefäße, eine Schaufel, eine zahme Schlange, und auf einem Steine, welcher zugleich als Tisch diente, ein Crucifix und das Buch der Christen.

Der Mann der frühern Tage zündete sogleich mit Hülfe von trockenen Lianen ein Feuer an; dann zerrieb er zwischen zwei Steinen Maiskörner, machte einen Kuchen daraus und legte ihn in die Asche, um ihn so zu backen. Als dieser Kuchen im Feuer ein schönes Goldbraun angenommen, trug er ihn brennheiß mit Nußmilch in einer Schale von Ahornholz auf. Inzwischen war mit dem Abende die Luft wieder hell und klar geworden, und der Diener des großen Geistes schlug uns vor, uns am Eingange der Grotte niederzusetzen. Wir folgten ihm dahin, und genossen eine unermeßliche Aussicht. Das Gewitter war weiter ostwärts hinübergezogen; der Feuerschein der durch den Blitz angezündeten Wälder glänzte in weiter Ferne; am Fuß des Berges war ein ganzer Fichtenwald zusammengefügt, und der Strom wälzte wild durcheinander Massen aufgelöster Thonerde, Baumstämme, die Leichen von Thieren und todte Fische mit fort, deren silberschuppige Bäuche dann und wann auf dem Kamm der Wogen sichtbar wurden.

Während dieses prächtigen Schauspiels der Natur erzählte denn Atala dem greisen Genius des Berges unsere Geschichte. Er schien sehr gerührt und Thränen flossen in seinen Bart. Mein Kind, sprach er zu Atala, du mußt Gott deine Leiden opfern, zu dessen Ruhm du schon so Manches gethan hast; er wird dir die Ruhe schon wieder geben. Du siehst dort, wie die Wälder rauchen, wie die Ströme wieder in ihr Bett, das sie gesprengt, zurückkehren, und wie die Wolken sich zerstreuen; und glaubst du nun, daß der, welcher die Macht hat, solchen Stürmen zu gebieten, nicht auch den Sturm im menschlichen Herzen zum Schweigen bringen kann? Für den Fall, daß du in diesem Augenblick keine bessere Freistatt hast, meine gute Tochter, so biete ich dir einen Platz unter der kleinen Gemeinde an, die ich so glücklich gewesen bin, unserm Erlöser Jesus Christus in diesen Urwäldern zu gewinnen. Ich will Schakta im christlichen Glauben unterrichten und ihn dir zum Gatten geben, sobald er deiner würdig ist.

Bei diesen Worten fiel ich vor dem Einsiedler unter einem Strom von Thränen auf die Knie nieder, während Atala erblaßte wie der Tod. Der Greis hob mich mit gütigem Lächeln auf, und da bemerkte ich denn zum erstenmal, daß seine Hände voll der schrecklichsten Narben waren. Atala errieth sogleich die Ursache seines Unglücks. O! die grausen Barbaren! rief sie aus.

Meine Tochter, nahm sanft lächelnd der Geistliche das Wort, was ist das im Vergleiche mit dem, was mein göttlicher Herr und Meister am Kreuze gelitten hat? Wenn diese indianischen Heiden mir wehgethan haben, so sind es am Ende arme Blinde, welche Gott schon noch erleuchten wird. Ich liebe sie sogar desto mehr, je mehr sie mir Böses zugefügt haben. Es war mir nicht möglich, in meinem Vaterland zu bleiben, wohin ich wieder zurückgegangen war, und wo eine erlauchte Königin mir die Ehre erwies, diese schwachen Merkmale meines Apostelamtes ihres Blickes zu würdigen. Und welche ehrenvollere Belohnung meines Wirkens konnte ich mir denn wünschen, als die Erlaubniß, die mir das Oberhaupt unsrer Religion ertheilte, das heilige Meßopfer mit diesen narbigen Händen darbringen zu dürfen? Nach einer solchen Ehre blieb mir nichts übrig, als das Bestreben, mich derselben würdig zu machen; darum bin ich in die neue Welt zurückgekommen, um den Rest meines Lebens dem Dienst meines Herrn und Heilands zu weihen. Bald sind es nun dreißig Jahre, daß ich in dieser Wildniß lebe, und morgen werden es zwei und zwanzig, daß ich Besitz von dieser Grotte genommen habe. Als ich hier ankam, fand ich nichts, als eine Anzahl unstät umherschweifender Familien, deren Gebräuche wild und grausam waren, und die ein elendes, halb thierisches Leben führten. Ich predigte den Kindern des Urwalds das Wort des Friedens, und sie wurden nach und nach milder und menschlicher. Sie leben jetzt am Fuß dieses Berges in geselligem Vereine. Indem ich den Irrenden den Weg zum ewigen Heil zeigte, bemühte ich mich zugleich, sie in den Hauptelementen des europäischen Lebens zu unterweisen, ohne es jedoch allzuweit darin zu treiben, um diesen kindlichen Naturmenschen nicht jene Einfachheit zu rauben, welche gerade das Glück ihres Lebens ausmacht. Aus Furcht, ihnen durch meine beständige Gegenwart Zwang anzuthun, hab' ich mich in diese Grotte zurückgezogen; da besuchen sie mich zuweilen, um sich Raths bei mir zu erholen. Hier, fern von den Menschen, bewundere ich Gott in der Herrlichkeit dieser Wildnisse; hier bereite ich mich auf meinen Tod vor! an dessen Nähe mich mein hohes Alter bereits täglich und stündlich mahnt.

Bei den letzten Worten sank der Einsiedler auf seine Kniee nieder, und wir folgten seinem Beispiele. Er begann ein lautes Gebet, und Atala betete mit. Hin und wieder blitzte es noch matt am östlichen Himmelssaum, und die Wolken des westlichen schienen das goldene Spiegelbild des Sonnenuntergangs nicht weniger als dreimal zu gleicher Zeit prachtvoll zurückzuwerfen. Einzelne durch den vorangegangenen Orkan verscheuchte Füchse lagen mit lauerndem Blick da und dort an den Felsenhängen, und man vernahm das Rauschen der Pflanzen, die, im Wehn des Abendwinds trocknend, ihr gebeugtes Haupt wieder emporrichteten.

Wir kehrten ins Innere der Grotte zurück, wo der Einsiedler ein Cypressenmooslager für Atala bereitete. Blicke und Geberden der Jungfrau drückten Gram und Schwermuth aus; sie sah den Pater Aubry an, als wollte sie ihm ein Geheimniß mittheilen, doch es schien sie irgendwas davon zurückzuhalten, war es nun meine Gegenwart, oder war es ein falsches Gefühl von Scham, oder endlich das Zwecklose des Geständnisses selbst. Ich hörte sie mitten in der Nacht aufstehen; sie suchte den Einsiedler; aber nachdem er ihr sein Lager eingeräumt, war er hinausgegangen, um die Schönheit des Himmels zu betrachten, und auf der Spitze des Berges zu Gott zu beten. Er sagte mir den andern Morgen, das sei selbst im Winter seine Gewohnheit, weil er es gerne sähe, wenn die Wälder ihre kahlen Wipfel schüttelten, und die eilenden Wolken, vom Sturm gepeitscht, dahinflögen, und weil er mit Vergnügen das Rauschen des Windes und der Bergströme vernehme. Atala mußte daher zu ihrer Lagerstätte zurückkehren, wo sie bald wieder einschlief. Ach! von seligen Hoffnungen trunken, sah ich in Atalas Schwäche nichts als vorübergehende Zeichen von Müdigkeit.

Am nächsten Morgen erwachte ich beim Gesange der Cardinal- und Spottvögel, die in den Lorbeer- und Akazienbäumen nisteten, welche die Grotte umgaben. Ich pflückte eine Magnoliarose, und legte sie, feucht von den Thränen des Morgens, auf das Haupt der schlummernden

Atala. Ich hoffte, nach dem religiösen Glauben meines Landes, die Seele eines sanft und süß an der Mutterbrust gestorbnen Kindes werde in einem Thautropfen auf diese Blume herniederschweben, und ein glücklicher Traum sie in den Schooß meiner künftigen Gattin tragen. Dann suchte ich meinen gastlichen Wirth auf; ich fand ihn mit aufgeschürztem Gewande, einen Rosenkranz in der Hand, auf einem vor Alter eingesunkenen Fichtenstamm sitzend, wo er mich erwartete. Er lud mich ein, mit ihm zur Missionsanstalt zu gehen, während Atala noch ruhte. Ich nahm sein freundliches Anerbieten an, und wir machten uns sogleich mit einander auf den Weg.

Als wir den steilen Gebirgspfad hinunterstiegen, bemerkte ich Eichen, in welche unbekannte Schriftzüge von Geisterhänden eingegraben schienen. Der Einsiedler sagte mir, er selbst sei es gewesen, der sie in die Bäume eingeschnitten habe, und es seien Sinnsprüche eines uralten Dichters, Namens *Homeros,* und Sprüche eines noch älteren Dichters, welcher *Salomo* geheißen habe. Ich fand eine gewisse geheimnißvolle Harmonie zwischen dieser Weisheit der Zeiten, diesen mit Moos überwachsenen Versen, diesem alten Einsiedler, der sie eingegraben, und diesen alten Eichen, die ihm statt der Bücher dienten.

Auch sein eigener Name, sein Alter und der Stiftungstag seiner Missionsanstalt waren am Fuße dieser Eichen auf einem Schilfrohr verzeichnet. Die außerordentliche Gebrechlichkeit dieses letztern Denkmals nahm mich einigermaßen Wunder; und doch, bemerkte der ehrwürdige Greis, wird es länger dauern als ich, und mehr Werth haben, als das wenige Gute, was ich zu leisten im Stande war. –

Wir kamen von da in ein weites, liebliches Thal hinein, wo ich ein wunderbares Werk erblickte. Es war eine natürliche Felsenbrücke, ähnlich jener in *Virginien,* von der du vielleicht schon reden gehört hast. Die Menschen, mein Sohn, vorzüglich die aus deinem Land, ahmen oft die Natur nach, ihre künstlichen Nachahmungen sind indeß gewöhnlich matt und kleinlich. So ist es nicht mit der Natur; wenn sie einmal zum Schein die Gebilde der Menschen nachahmt, dann liefert sie ihnen im Gegentheil gleich treffliche Muster. Dann wirft sie Brücken von einem Berggipfel zum andern, hängt Straßen in die Luft hinein, macht Ströme zu Kanälen, pflanzt Berge als Säulen hin, und gräbt neue Becken selbst für das Meer.

Wir gingen unter dem wahrhaft einzigen Bogen dieser Brücke hindurch, und befanden uns vor einem andern Wunderwerk; es war der Friedhof der indianischen Mission, der *Hain des Todes.* Der Pater Aubry hatte nämlich den neubekehrten Indianern erlaubt, ihre Todten nach dem Brauch des Landes zu begraben, und für ihre Begräbnißplätze die althergebrachten Benennungen der Wilden beizubehalten; nur hatte er den Ort durch ein einfaches Kreuz geheiligt. Der Boden dieses Kirchhofs war, wie ein gemeinschaftliches Erntefeld, in ebenso viele einzelne Loose abgetheilt, als es in der Mission Familien gab. Jedes Loos bildete für sich selbst ein Gebüsche, welches nach dem Geschmack Derer, die es anlegten, einen verschiedenen Anblick darbot. – Zwischen diesen Gebüschen hindurch schlängelte sich geräuschlos ein Bach, er hieß der *Bach des Friedens.* Diese heitere Freistatt der Ruhe war gegen Morgen durch die Brücke geschlossen, unter der wir hindurchgekommen waren; zwei Hügel begränzten sie gegen Norden und Süden; nur gegen Westen lag sie frei da, wo ein großer Tannenwald emporstieg. Die röthlichgrünen Stämme dieser Bäume, die bis an ihre Wipfel ohne Seitenäste waren, glichen hohen Säulen, welche die Vorhalle dieses Tempels des Todes bildeten. Ein eigenthümliches feierliches Rauschen, den fernen Tönen der Orgel in einem hohen gewölbten Dome ähnlich, drang daraus hervor; wenn man jedoch das Innere dieses Heiligthums betrat, so vernahm man nur die Hymnen der Vögel, welche hier zum Andenken der Todten ein ewiges Requiem sangen.

Beim Heraustreten aus diesem herrlichen Hain erblickten wir die einfachen Häuser des jungen Missionsdorfes, welches an einem See, in einer lieblichen grünen Sawanne lag, die mit Blumen wie übersät war. Man gelangte dahin durch eine Allee von Magnoliabäumen und grünen Eichen, welche eine jener uralten Straßen begränzten, die man auf den Gebirgen zwischen Kentucky und den Floriden antrifft. Sowie die freundlichen Indianer den geliebten Hirten der Gemeinde durch die Ebene schreiten sahen, verließen sie auf der Stelle ihre Arbeiten und liefen auf ihn zu. Die Einen küßten ihm die Kleider, die Andern leiteten seine Schritte; die Mütter hoben ihm ihre Kinder auf den Armen entgegen, um ihnen den Mann Jesu Christi zu zeigen, welcher sanfte Thränen dabei vergoß. Er erkundigte sich im Weitergehen nach den kleinen Tagsneuigkeiten des Dorfes, ertheilte dem Einen Rath, dem Andern einen sanften Verweis, sprach von der nächsten Ernte, von dem Unterricht der Kinder, vom Trost in Leiden, und verwies in jeder seiner Reden zuletzt auf Gott den Herrn.

Unter einem solchen Geleite kamen wir denn endlich am Fuße eines großen Kreuzes an, welches am Wege stand. Hier feierte der Diener Gottes gewöhnlich die heiligen Geheimnisse seines Glaubens. – Meine lieben Freunde, nahm er das Wort, indem er sich mit freundlichem Gesicht zu seiner jungen Gemeinde wandte, ihr habt einen Bruder und eine Schwester bekommen, und zu meiner nicht geringen Freude sehe ich, daß die himmlische Vorsehung gestern überdieß eure Ernten in Gnaden verschont hat; zwei wichtige Ursachen, um ihr zu danken. Laßt uns daher jetzt gleich das heilige Opfer vollbringen, und Jeder wohne demselben mit tiefer Andacht, mit starkem Glauben, innigem Dank und von Herzen demüthig mit mir bei!

Jetzt wirft der göttliche Priester ein weißes Gewand von dem Baste des Maulbeerbaums um; die heiligen Gefäße werden aus einer Lade am Fuß des Kreuzes herausgenommen; auf einem Felsenstück erhebt sich der Altar, aus dem nahen Bache wird das Wasser geschöpft, und eine Traube der wilden Rebe liefert den Opferwein; wir Andern knieen im hohen Grase nieder, es fängt an in seiner rührenden Feier, in seiner himmlischen Schönheit, das heilige Geheimniß.

Das neue Morgenroth, welches jetzt hinter den Bergen heraufleuchtete, tauchte den ganzen östlichen Bogen des Firmaments in Glanz und Purpur. Ringsumher durch die Wildniß glänzte Strom und Hügel, Baum und Blume von lauter Gold und Rosenschein. Das durch so vielen Glanz vorherverkündete Gestirn des Tags trat endlich aus einem Meer von Licht hervor, und seine ersten Strahlen fielen auf die geweihte Hostie, welche der Priester gerade in diesem Augenblick emporhob. O Zauber des christlichen Glaubens! O Herrlichkeit des katholischen Gottesdienstes! der Opfernde ein alter Einsiedler, der Altar ein Felsenstück, der Tempel die majestätische Wildniß, und kindlich schuldlose Wilde die Beter. Nein, ich meinestheils zweifle nicht daran, daß sich in dem Augenblick, als wir auf die Knie fielen, das geheimnißvolle Wunder in der That vollzog, und daß Gott auf die Erde herabstieg; denn ich fühlte seine Gegenwart in meinem Herzen.

Nach dem Opfer, bei dem mir nur die Tochter des Lopez fehlte, begaben wir uns mit einander nach dem Missionsdorfe. Hier herrschte die reizendste Mischung des gesellschaftlichen und des Naturlebens: an dem Saum eines Cypressenhaines der ehemaligen Wildniß erblickte man eine neue Pflanzung; goldene Aehren umschwankten den Stamm der gefällten Eiche, und wo noch vor Kurzem dreihundertjährige Bäume gestanden, da winkte jetzt die Ernte eines Sommers. Man sah überall dem Feuer preisgegebene Wälder, aus denen dicke Rauchwolken emporstiegen, während die Pflugschaar zwischen den letzten Wurzelresten derselben schon neue Furchen zog. Die Meßkünstler mit der langen Kette nahmen das Erdreich auf, und Schiedsrichter theilten einem Jeglichen das erste Eigenthum zu; der Vogel trat sein Nest ab an den Menschen, das wilde Thier seine Höhle, und die Schläge der Axt weckten das Echo, das mit den Bäumen erstarb, die ihm zum Aufenthalt dienten.

Voll Entzücken wandelte ich unter diesen ländlichen Scenen umher, welche mir durch das Bild Atalas und die Träume von irdischem Glück, womit ich mein Herz einwiegte, noch lieblicher wurden. Ich bewunderte den friedlichen Triumph des Christenthums über das unstäte Leben der Wilden; ich sah, wie die Stimme der christlichen Religion den Indianer gesellig machte, ich wohnte der Urehe des Menschen mit der Erde bei; mit diesem wichtigen Vertrage überließ der Mensch das Erbe seines Schweißes der Erde, und diese verpflichtete sich dagegen, treulich die jährlichen Ernten, die Söhne und die Asche des Menschen zu tragen.

Inzwischen brachte man dem Missionsgeistlichen ein Kind, welches er zwischen Jasminblüthen an dem Rain einer Quelle taufte, während unter Spielen und Arbeiten ein Leichenzug in den Hain des Todes geschwankt kam. Ein Brautpaar erhielt diepriesterliche Einsegnung unter einer Eiche, und wir begleiteten es dann mit einander in seine neue Wohnung in einem Winkel der Wildniß. Der Hirt der Gemeinde schritt vor uns her, und segnete rechts und links Felsen,

Baum und Quelle, gleich wie ehemals, nach dem Buch der Christen, Gott die noch unangebaute Erde segnete, als er sie dem Geschlechte Adams zum Erbe gab. Dieser gemeinschaftliche Zug durch die Wildniß, welcher, nebst den nebenherwandelnden Schaf- und Rinderheerden, seinem ehrwürdigen Vorsteher folgte, führte meinem gerührten Herzen das Bild jener ersten Familienwanderungen vor, als Sem mit seinen Kindern in eine ihm neue Welt zog, dem goldenen Stern des Tages folgend, welcher vor ihm herglänzte.

Ich wünschte von dem heiligen Mann einmal zu erfahren, wie er denn seine Pfarrkinder zu lenken und zu leiten pflege, daß sie ihm so gehorchten; er antwortete mir mit großer Bereitwilligkeit: Ich habe ihnen kein Gesetz, sondern nur die eine Lehre gegeben, einander zu lieben, zu Gott dem Herrn zu beten, und auf ein besseres Leben zu hoffen: *darin* sind die Gesetze der ganzen Welt enthalten. Du bemerkst unter den übrigen Wohnhäusern unseres Missionsdorfes ein kleines hölzernes Gebäude, welches größer ist als die andern: – es ist in der Regenzeit unsere Kapelle. Morgens und Abends versammelt sich die kleine Gemeinde darin, um den Herrn zu loben, und wenn ich nicht da bin, so verrichtet ein Greis das Gebet; denn auch das Greisenalter ist eine Art von Priesterthum. Dann geht man an die Feldarbeit, und wenn gleich das Eigenthum abgetheilt ist, damit ein Jeder die Landwirthschaft erlerne, so werden doch die Ernten in gemeinschaftlichen Speichern aufbewahrt, damit die Bruderliebe erhalten bleibt. Nimm dazu noch unsere religiösen Ceremonien, die vielen heiligen Lieder, das Kreuz, vor dem ich die Messe gelesen, die schattige Ulme, unter der ich an schönen Tagen predige, unsere Gräber, so nahe unsern Getreidefeldern, unsere Ströme und Waldbäche, in welche ich die kleinen Kinder und die heiligen Johannes dieses unseres Neubethaniens zu tauchen pflege, dann hast du einen Begriff von diesem kleinen Reiche Jesu Christi.

Die Worte des Einsiedlers entzückten mich und ich empfand recht lebhaft die Vorzüge eines stäten, heimatlich an Ort und Stelle hängenden und thätigen Lebens vor dem umherschweifenden und müßigen Leben des Wilden.

Ach! René, ich hadere nicht mit der Vorsehung; doch ich gestehe, daß ich mich nicht ohne ein schmerzliches Gefühl an jene evangelische Gesellschaft erinnern kann. O! Ein solches Waldhaus, und darin meine Atala, wie namenlos glücklich hätt' es mich gemacht an jenen Ufern! Dort wäre meinen Irrfahrten ein Ziel gesetzt worden; dort wär' ich mit meiner Gattin, den Menschen unbekannt, und mein Glück im Schooß der Wälder bergend, vorübergegangen, gleich den Flüssen der Wildniß, die nicht einmal einen Namen haben. Anstatt dieses Friedens, den ich damals zu hoffen wagte, welchen Stürmen waren meine Tage noch ausgesetzt! Ein ewiger Spielball des Glückes, von einem Gestade ans andere verschlagen, längere Zeit sogar aus meinem eigenen Vaterland verwiesen, und ein flüchtiger Fremdling in fernen Landen, fand ich bei meiner Rückkehr Haus und Hof in Schutt und Asche, und meine Freunde im Grabe. – Das war das Schicksal des Schakta.

III. Das Drama

War mein Traum von Glück und Seligkeit lebhaft gewesen, so war er auch von kurzer Dauer, und das schmerzliche Erwachen daraus erwartete mich bereits bei der Grotte des Einsiedlers. Als wir dort gegen die Mittagszeit wieder ankamen, war ich überrascht, daß uns Atala nicht sogleich entgegeneilte. Ein plötzlicher Schauder ergriff mich, und indem wir der Grotte näher kamen, hatt' ich nicht den Muth, die Tochter des Lopez beim Namen zu rufen: denn meine erhitzte Phantasie fürchtete sich nicht minder vor der Antwort, wie vor dem Stillschweigen, das auf meinen Ruf erfolgen würde. Noch mehr erschreckte mich das ungewöhnliche Dunkel, das da an der Eingangsthür des Felsens herrschte, und ich sprach zu dem Missionär: O du, mit dem eine höhere Macht ist, und ihm Kraft und Muth giebt, tritt du in diese Finsterniß!

Wie schwach ist doch der Sterbliche, den die Leidenschaften beherrschen, und wie stark Derjenige, der da auf Gott vertraut! Dieser fromme, von sechs und siebenzig Wintern gebeugte Greis besaß mehr Muth, als ich mit all meinem lodernden Jünglingsfeuer.

Der Mann des Friedens trat denn still in die Grotte, und ich wartete indessen voll Angst am Eingange. Bald drangen einzelne schwache Klagetöne aus dem Innern des Felsens an mein Ohr. Ich stieß einen lauten Schrei aus, nahm all meine Kraft zusammen, und stürzte in die Nacht der Höhle hinein ... Ihr Geister meiner Väter! Nur ihr wißt es, welches Schauspiel sich meinen Blicken jetzt darbot!

Der Einsiedler hatte eine Fichtenfackel angezündet, und hielt sie mit zitternder Hand über Atalas Lager hin. Blaß, und mit wirr ins Gesicht hereinhängendem Haar saß die schöne, liebliche Gestalt da, den Kopf auf die Hand gestützt. Kalte Schweißtropfen glänzten auf ihrer Stirne; ihr halberloschener Blick drückte mir noch ihre Liebesglut aus, und schmerzlich lächelte sie mir noch zu. – Wie vom Blitz gerührt, die Augen starr auf sie gerichtet, mit ausgebreiteten Armen und halb offenen Mundes stand ich da, unfähig, ein Glied meines Körpers zu regen. Tiefes Schweigen herrschte einen Augenblick unter den drei Personen dieser Schmerzensscene; der Einsiedler unterbrach es zuerst: Es wird wohl, sagte er zu Atala, nichts weiter als ein schnell vorübergehendes Fieber sein, eine Folge der Strapazen eures Marsches; und wenn wir uns nur in Demuth Gott dem Herrn ergeben, so wird er ja Erbarmen mit uns haben.

Bei diesen Worten strömte das stockende Blut aufs neue meinem Herzen zu, und mit der sanguinischen Gemüthsart der Wilden ging ich vom Uebermaß der Furcht sogleich wieder zur fröhlichsten Zuversicht über. Atala ließ mich jedoch nicht lange darin. Traurig schüttelte sie ihr Haupt und winkte uns näher zu ihrem Lager hin.

Mein guter Vater, sagte sie mit schwacher Stimme, indem sie sich an den Priester wandte, ich bin dem Tode nahe. O Schakta, so vernimm denn endlich das unselige Geheimniß, das ich dir verhehlt habe, um dich nicht ganz und gar unglücklich zu machen, und um den Befehl meiner Mutter zu vollziehen. Suche mich nicht durch Schmerzensäußerungen zu unterbrechen, welche nur die wenigen Augenblicke, die ich noch zu leben habe, abkürzen würden. Ich habe Vieles zu erzählen, und an den schwächer werdenden Schlägen meines Herzens, an der Last, die wie mit eisiger Schwere meine Brust erdrückt, fühl' ich es, daß ich nicht genug eilen kann.

Nach einem kurzen Stillschweigen fuhr Atala also fort: Mein trauriges Loos hat fast schon vor meiner Geburt begonnen; meine Mutter empfing mich in einer unglücklichen Stunde; ich quälte ihren Schooß und sie brachte mich unter den heftigsten Schmerzen zur Welt. Man verzweifelte beinahe an meinem Leben; um es zu retten, gelobte meine Mutter der Königin der Engel meine ewige Jungfrauschaft, wenn ich nur mit dem Leben davonkäme. Unseliges Gelübde, das mich jetzt ins Grab stürzt!

Ich trat in mein sechzehntes Jahr, als ich meine Mutter verlor. Einige Stunden vor ihrem Tode rief sie mich an ihr Lager. Meine Tochter, sprach sie zu mir in Gegenwart eines Missiongeistlichen, der sie in ihren letzten Augenblicken tröstete, meine Tochter, du weißt schon von dem Gelübde, das ich einmal für dich gethan habe. Nicht wahr, du strafst mich nicht Lügen, meine Tochter? Du arme Atala, ich lasse dich zurück in einer Welt, die es nicht werth ist, eine

Christin die ihrige zu nennen unter lauter Heiden, welche den Gott deines Vaters und den meinigen, welche den Gott verfolgen, der dir das Leben gab und es dir durch ein Wunder erhielt. Indem du ins Kloster gehst, entsagst du zu deinem eigenen Heil den Sorgen des Familienlebens, und den verderblichen Leidenschaften, welche das Herz deiner armen Mutter bestürmten. So komm denn, mein theures Kind, komm, schwöre bei diesem Bilde der Mutter unseres Heilands, schwöre es in die geweihte Rechte dieses heiligen Priesters und in die Hand deiner sterbenden Mutter, daß du mich im Angesicht des Himmels nicht verrathen wirst! Bedenke, daß ich mich für dich verpflichtet habe, um dir das Leben zu retten, und daß du, im Fall es dir in den Sinn käme, diesen Schwur jemals zu brechen, die Seele deiner Mutter den ewigen Qualen preisgiebst!

O meine Mutter, warum sprachst du so? O Religion, die du zu gleicher Zeit die Quelle meiner Leiden und meiner Seligkeit bist, die du mich ins Verderben stürzest und doch wieder erquickst mit deinem süßen Trost! Du unendlich theurer und bedauernswerther Gegenstand meiner Leidenschaft endlich, die mich noch in den Armen des Todes verzehrt, o Schakta, du weißt nun die Ursache unsers grausamen Schicksals ... In Thränen zerfließend, warf ich mich an die Brust meiner sterbenden Mutter, und versprach Alles, was man nur von mir wollte. Der Missionsgeistliche sprach mir den furchtbaren Eidschwur vor, und gab mir das Scapulier, durch welches ich bis in das Grab der Welt Lebewohl sagte. Meine Mutter bedrohte mich mit ihrem Fluch, wenn ich je mein Gelübde bräche, und verschied in meinen Armen, nachdem sie mir nochmals ein unverbrüchliches Stillschweigen gegen die Heiden, die Verfolger unsers Glaubens, zur Pflicht gemacht.

Anfangs ahnte ich die Gefahren meines Schwurs noch nicht. Voll frommen Eifers, Christin mit Leib und Seele und stolz auf das spanische Blut, welches in meinen Adern fließt, sah ich stets nur Männer um mich her, die nicht werth waren, meine Hand zu empfangen, und frohlockte bereits, keinen andern Gemahl zu haben, als den Gott meiner Mutter. Da sah ich dich, junger und schöner Kriegsgefangener, dein Schicksal rührte mich, ich wagte es am Feuer des Waldes mit dir zu sprechen, und jetzt erst fühlte ich schmerzlich die Last meines Gelübdes.

Als Atala mit dieser Erzählung zu Ende war, trat ich mit geballter Faust und drohendem Blick vor den Missionsprediger hin, und rief: Das also ist die himmlische Religion, welche du mir so hoch angerühmt hast! Fluch dem Eide, welcher mir meine Atala raubt! Fluch dem Gott, der mit der Natur im Widerspruch ist! O Mann! Priester! was hast du in diesen Wäldern da zu thun? –

Dich will ich retten, antwortete der Greis urplötzlich mit furchtbarer Stimme; deine unsinnigen Leidenschaften will ich zähmen, und dich hindern, du Gotteslästerer, den Zorn des Himmels auf dich zu laden. Es steht dir gut an, junger Mensch, der kaum einen Schritt ins Leben gethan hat, dich schon über deine Leiden zu beklagen! Wo sind denn die Merkmale deiner Schmerzen? Wo sind denn die Ungerechtigkeiten, die dir schon angethan worden sind? Wo sind die Tugenden, die dir doch wenigstens scheinbar ein Recht gäben zu solchen Klagen? Wo sind denn die Verdienste, die du dir um die Welt erworben, wo ist das Gute, was du an den Menschen gethan hast? Unglücklicher, du trägst nur thörichte Leidenschaften zur Schau, und wagst es, Gott und seine himmlische Religion anzuklagen! Wenn du so wie ich einmal dreißig Jahre als armer Flüchtling in einem einsamen Waldgebirg gelebt hast, dann wirst du weniger schnell die Wege der Vorsehung richten; dann wirst du begreifen, daß du nichts weißt, nichts bist, und daß es gar keine so schwere Strafe, keine so schrecklichen Schmerzen giebt, daß unser sündiges Fleisch sie nicht vollauf zu erleiden verdiente.

Die Blitze, die aus den Augen des Greises schossen, sein Bart, der ihm bis auf die Brust herab reichte, seine vernichtenden Worte gaben ihm das Ansehen eines Gottes. Bezwungen von seiner Majestät, sank ich zu seinen Füßen nieder, und bat ihn wegen meines Jähzorns um Vergebung. Mein Sohn, sprach er zu mir mit einem so sanften Tone, daß mich die schmerzlichste Reue ergriff, mein Sohn, ich habe dir nicht darum Vorwürfe gemacht, daß ich für meine Person beleidigt wäre. Ach, du hast recht, ich habe sehr wenig Gutes in diesen Wäldern gethan, Gott hat keinen unwürdigeren Diener als mich. Nur seinen Herrn und Schöpfer, mein Sohn, die himmlische Vorsehung muß man nie anklagen! Sei mir nicht böse, wenn ich dir wehgethan habe, und laß uns nun deine Schwester anhören! Vielleicht giebt es doch noch einen Ausweg, wir wollen das Beste hoffen. Schakta, eine Religion, welche die Hoffnung zu einer der schönsten *Tugenden* erhebt, ist gewiß wahrhaft göttlichen Ursprungs!

Mein junger Freund, nahm Atala wieder das Wort, ich kann dich zum Zeugen anrufen meines schweren Kampfes, und doch hast du nur den kleinsten Theil davon gesehen; das Uebrige hielt ich vor dir geheim. Nein, der schwarze Sklave, der den brennenden Sand der Floriden mit seinem Schweiß benetzt, ist weniger unglücklich, als Atala war. Dich beständig zum Fliehen beredend, und dennoch überzeugt, daß deine Flucht mir den Tod bringen mußte; zu furchtsam, um mit dir in die Wildniß zu fliehen, und doch nach dem Dunkel der Wälder schmachtend ... Ach, hätt' es nur den Verlust der Eltern, Freunde, meines Vaterlands, ja (schrecklicher Gedanke!) selbst meines Seelenheils gegolten! ... Allein dein Schatten, o meine Mutter, dein Schatten umschwebte mich Tag und Nacht und hielt mir deine Qualen vor's Auge! Ich vernahm deine Klagen, ich sah, wie das höllische Feuer dich verzehrte! Schreckbilder raubten mir den Schlaf in der Nacht, und trostlos schwanden meine Tage dahin; der Abendthau vertrocknete, wenn er auf meine brennenden Glieder fiel; ich öffnete meine Lippen dem kühlenden Wind, allein die Luft, anstatt mir Kühlung zuzuwehn, entzündete sich an der sengenden Glut meines Athems. Welche Qual, dich beständig um mich zu sehn, fern von allen andern Menschen, in tiefer Einsamkeit, und eine unübersteigliche Kluft zwischen dir und mir zu erblicken! Mein Leben zu deinen Füßen zu verbringen, dir als Sklavin zu dienen, dein Mahl und dein Lager irgendwo in einem unbekannten Winkel der Erde zu bereiten, wäre für mich die höchste Erdenseligkeit gewesen; diesem Glück war ich so nahe, und durfte es doch nicht mein nennen. Welche Pläne dachte ich nicht aus! Welchen Träumen überließ sich nicht dieses traurige Herz! Oft, wenn meine Blicke an deinen Zügen hingen, ging ich so weit, ebenso sinnlose als verbrecherische Wünsche zu hegen; bisweilen hätt' ich mit dir das einzige lebende Geschöpf auf Erden sein mögen, und wenn ich dann in mir die Gottheit fühlte, die diesen schrecklichen Sturm der Leidenschaft zügelte, so wünschte ich die Vernichtung dieser Gottheit, wenn ich nur, von deinen Armen umschlossen, unter den Trümmern Gottes und der Welt von Abgrund zu Abgrund gestürzt wäre. Und jetzt noch ... o kann ich es denn eingestehen ohne Scham? – Jetzt, wo ich an den Pforten der Ewigkeit stehe, wo ich bald vor dem unerbittlichen Richter erscheinen soll, in diesem Augenblicke noch, wo ich mit Freuden sehe, daß das meiner Mutter gebrachte Opfer mein Leben verzehrt, in diesem Augenblick, o schrecklicher Widerspruch! ergreift mich die Reue noch, daß ich nicht *einmal* mindestens in diesem Leben ganz und gar die Deine gewesen bin ... –

Meine Tochter, unterbrach sie jetzt der Greis, dein Schmerz führt dich irr; dieses Uebermaß von Leidenschaft, dem du dich da hingiebst, ist selten gerecht, ja, nicht einmal recht natürlich, und darum ist es auch in den Augen Gottes weniger strafbar, weil es mehr in einer falschen Richtung des Geistes, als in einem Fehler des Herzens seinen Ursprung hat. Gieb also in Zukunft solchen heftigen Ausbrüchen deiner Leidenschaft keinen Raum mehr; sie ziemen deiner Unschuld nicht. Auch hat dir, mein liebes Kind! deine erhitzte Phantasie jenes Gelübde in einem zu schrecklichen Lichte gezeigt. Die christliche Religion verlangt keine übermenschlichen Opfer von uns. Ihre wahren und echten Gefühle, ihre gemäßigten Tugenden haben einen bei Weitem höhern Werth, als die überspannten Empfindungen und die erzwungenen Tugenden eines falschen Heldenmuths. Und selbst wenn dir das Menschliche widerfahren wäre, deinen ewigen Kämpfen zuletzt doch einmal zu erliegen: – haben wir nicht an Jesus den guten Hirten, der mit himmlischer Sanftmuth das verlorne Schaf wieder zurückführt zu der Schaar seiner Getreuen? – Die unerschöpflichen Reichthümer der Reue waren auch dir erschlossen: Ströme von Blut reichen oft nicht hin, um in den Augen der Welt unsere Sünden zu tilgen: Gott dem Herrn genügt eine einzige Thräne. Darum sei ruhig, meine Tochter, dein Zustand heischt Ruhe; wir wollen zu Gott beten, der einen Balsam hat für jeden Schmerz Derer, die ihm dienen. Ist es, ich hoff' es wenigstens, sein unerforschlicher Rathschluß, dich noch genesen zu lassen von dieser Krankheit, so will ich an den Bischof von Quebek schreiben; er hat die Gewalt, dich von deinem Gelübde, da es ohnehin nur ein einfaches ist, wieder zu lösen, und du wirst dann deine Tage mit Schakta, deinem Gatten, bei mir verleben.

Bei diesen Worten des Greises ward Atala plötzlich von langanhaltenden Krämpfen befallen, aus denen sie nur erwachte, um sich dem Ausbruch des heftigsten Schmerzes zu überlassen. – Wie? rief sie, die Hände voll Leidenschaft zusammenschlagend, es war also noch ein Ausweg vorhanden! Ich konnte meines Gelübdes noch entbunden werden? – Ja, meine Tochter, antwortete der Einsiedler, du kannst es noch. – Es ist zu spät, jetzt ist es zu spät, rief sie. Muß ich sterben in demselben Augenblick, wo ich erfahre, daß ich zuletzt doch noch glücklich geworden wäre, wär' ich nicht so wahntoll gewesen in meiner Leidenschaft! Warum bin ich nicht früher mit diesem heiligen Greis zusammengekommen? O, welches selige Glück erblühte mir jetzt mit dir, mein theurer Schakta, ... getröstet, beruhigt durch diesen würdigen Priester ... in dieser Wildniß ... bis an das Grab! ... Ha, allzugroß wäre meine Seligkeit gewesen! – Beruhige dich doch, sagte ich zu ihr, und faßte die Jammernde bei der Hand, beruhige dich nur; dieses Glücks werden wir *noch* theilhaft werden. – Niemals, niemals, o jetzt nicht mehr, schluchzte Atala. – Wie? fragte ich bestürzt. – Du weißt noch nicht das Schrecklichste, schrie die Arme. Gestern ... während des Gewitters ... ich war auf dem Punkt, meinen Eid schwur zu brechen, und dadurch meine Mutter in die Glut des höllischen Abgrunds zu stürzen; – schon schwebte ihr Fluch auf meinem Haupt, schon belog ich den Allbarmherzigen, der mich am Leben erhielt ... Als du da meine zitternden Lippen küßtest, wußtest du noch nicht, du wußtest nicht, daß du den *Tod* umarmtest! – O mein Gott! schrie der Geistliche; liebes Kind, was hast du gethan? – Ein Verbrechen hab' ich begangen, mein guter Vater, sagte Atala mit wild vor sich hinstarrenden Blicken; indeß, Gott sei Lob, nur ich bin verloren, meine Mutter ist gerettet. – Vollende! rief ich entsetzt. – Nun denn, fuhr sie fort, ich hatte meine Schwachheit vorausgesehen, und als wir unsere Heimat verließen, versah ich mich mit ... – Womit? rief ich in meiner Seelenangst. – Mit Gift? fragte der Priester. – Ja; sagte Atala tonlos, mit Gift; es tobt schon in meinen Adern. –

Die Fackel entsinkt der Hand des Greises, und wie todt falle ich selbst neben der Tochter des Lopez nieder. Der Einsiedler schließt uns selbander in seine Arme, und die dunkle Höhle klingt wieder von unserm gemeinschaftlichen Wehklagen an diesem Lager des Schmerzes.

Ermannen wir uns, ermannen wir uns, ruft endlich der muthige Einsiedler, und macht Licht. Wir verlieren kostbare Augenblicke; – als unerschrockene Christen wollen wir den Stürmen des Unglücks trotzen; den Strick um den Hals, die Asche auf dem Haupte, wollen wir uns vor Gott dem Allmächtigen demüthigen, um seine Barmherzigkeit anzuflehen, oder uns seinen Rathschlüssen in christlicher Demuth zu unterwerfen. Vielleicht ist es noch Zeit. Warum hast du mir das nicht gestern Abends gleich mitgetheilt, meine Tochter?

Ach, mein guter Vater, sagte Atala, ich habe dich in der letzten Nacht gesucht, Gott mußte dich jedoch zur Strafe für meine Sünden entfernt haben. Uebrigens wäre jede Hülfe fruchtlos gewesen, denn selbst die Indianer, die so erfahren in Bereitung der Gifte sind, kennen für das, welches ich genommen habe, durchaus kein Gegengift mehr. O Schakta! Stelle dir mein Erstaunen vor, als die tödtliche Wirkung nicht so schnell erfolgte, als ich es erwartete! Meine Leidenschaft hat meine Kräfte verdoppelt; meine Seele hat sich nicht so schnell von der deinigen losreißen können.

Jetzt unterbrach ich Atalas Erzählung nicht mehr durch Schluchzen, sondern durch jene heftigen Ausbrüche der Leidenschaft, wie sie nur den Wilden eigen sind. Ich wälzte mich wie ein Rasender auf der Erde, verdrehte die Arme und zerfleischte mich selbst mit den Zähnen. Der edle Priestergreis eilte mit bewundernswürdiger Zärtlichkeit vom Bruder zur Schwester und erwies uns unzählige Liebesdienste. Mit seinem Herzen voll Ruhe wußte er sich, trotz der Last seiner Jahre, uns jungen Leuten verständlich zu machen, und sein religiöser Glaube lieh ihm Ausdrücke, die zärtlicher und feuriger waren, als selbst unsere Leidenschaften. Gleicht dieser Priester, der sich seit vierzig Jahren Tag und Nacht dem Dienste Gottes und der Menschen in diesen Bergen geweiht hat, nicht jenen Brandopfern Israels, welche zur Ehre des Herrn ohne Unterlaß auf den Bergen rauchten?

Vergebens suchte der Einsiedler eine Arzenei gegen Atalas Leiden ausfindig zu machen; die Ermüdung, der Gram, das Gift und eine Leidenschaft, tödtlicher als jedes andere Gift der Erde, wirkten zusammen, um uns diese Blume der Wildniß zu rauben. Gegen Abend zeigten sich schreckliche Zufälle; eine allgemeine Erstarrung lähmte Atalas Glieder und die äußersten Theile ihres Körpers fingen an, gleichsam eines nach dem andern einzeln zu sterben, ehe sie selbst noch todt war. – Berühre doch einmal meine Finger, sagte sie zu mir; findest du nicht, daß sie kalt sind wie Eis? – Ich war rathlos, stumpf und starr saß ich da, und mein Haar sträubte sich vor Angst empor. – Gestern Abends, mein geliebter Schakta, fuhr sie fort, machte mich dein leises Berühren schon süß erschauern vor Glück und Seligkeit, und jetzt fühle ich deine Hand nicht mehr, vernehme kaum deine Stimme, und selbst die einzelnen Gegenstände der Grotte verschwinden allmählich vor meinen Augen. Höre ich nicht die Vögel singen? Die Sonne muß jetzt gerade im Untergehn sein; o Schakta, wie schön werden ihre Strahlen am Hügel der Wildniß auf meinem Grabe glänzen!

Als Atala merkte, daß ihre Worte uns Ströme von Thränen entlockten, sagte sie zu uns: Vergebt mir meine Reden, geliebte Freunde; ich bin sehr schwach, doch der Herr giebt mir schon noch Kraft, hoff' ich. Ach, es ist so schwer, in so jungen Jahren schon sterben zu müssen mit einem Herzen voll Lebenslust! ... Du Vorsteher des Gebets, o habe Mitleid mit mir; du mußt mich stärken und trösten. O, und glaubst du wohl, daß meine Mutter jetzt befriedigt ist, und daß Gott mir verzeihen wird, was ich gethan habe?

Meine Tochter, gab ihr der fromme Priester zur Antwort (unter Thränen, die er mit seinen zitternden und narbigen Fingern abwischte); dein ganzes Unglück hat seinen Grund nur in einem unglückseligen Irrthum gehabt; deine schlechte Erziehung und der Mangel am nöthigen Unterricht haben dich ins Verderben gestürzt; du wußtest nicht, daß eine Christin gar nicht einmal nach Gutdünken über ihr Leben verfügen darf. Tröste dich also, mein geliebtes Lamm; Gott wird dir um der Einfalt deines Herzens willen verzeihen. Deine Mutter und der unvorsichtige Missionsgeistliche, welcher ihr Beichtiger war, tragen größere Schuld als du; denn sie haben ihre Befugniß überschritten, als sie dir ein so voreiliges Gelübde entrissen; doch der Friede des Herrn sei auch mit ihnen! Ihr drei mit einander gebt wieder ein schreckliches Beispiel davon ab, wie gefährlich die Schwärmerei und der Mangel an Einsicht in Religionssachen sind. Beruhige dich jetzt, mein Kind; Derjenige, der die Herzen und Nieren prüft, wird dich nach deinen Absichten richten, welche rein waren, und nicht nach deiner Handlung, die strafbar ist.

Und das Leben? – Wenn der Augenblick herannaht, wo du im Herrn selig entschlafen wirst, wie wenig verlierst du, mein theures Kind, durch den Austritt aus dieser Welt? Obwohl du in der Einsamkeit lebtest, hast du doch des Grams und der Schmerzen schon mehr als genug erfahren. Was würdest du erst denken, wärest du Zeugin der Leiden gewesen, die aus dem gesellschaftlichen Vereine entspringen, und hätt' an Europa's fernen Ufern dein Ohr den langen Weheruf vernommen, der von dieser alternden Welt sich erhebt? Unter dem Strohdach des Armen, wie in der Pracht der Paläste, wohnt die Klage und ächzt das ewige Wehe der Menschheit; ich sah Königinnen wie gemeine Frauen weinen, und Niemand möchte es glauben, welcher Strom von Thränen die Augen der Könige benetzt.

Ist es das rosige Luftbild deines verlornen Liebesglücks, was dich so schmerzt? – O meine Tochter, das wäre das Nämliche, wie wenn Kinder dann und wann um einen schönen Traum weinen, aus welchem sie erwacht sind. Kennst du denn die Natur des menschlichen Herzens, und kannst du die Unbeständigkeit seiner Neigungen und Wünsche berechnen? Sicherer fürwahr zählte dein Auge die Wogen, welche das Meer im Sturme mit sich fortwälzt. O Atala! Opfer und Wohlthaten sind keine ewigen Bande; einmal wäre vielleicht auf das genossene selige Glück der Ueberdruß gefolgt, die schönen Tage von ehemals wären für nichts mehr gerechnet worden, und es wäre dann von dir nur noch das Widrige eines armen und drückenden Bandes empfunden worden. Das schönste Liebesverhältniß, meine Tochter, war doch sicher das des Mannes und des Weibes, die zuerst aus der Hand des Schöpfers hervorgegangen sind, nicht wahr? – Ein Paradies war für sie erschaffen worden, sie waren unschuldig und unsterblich. Vollkommen an Leib und Seele, paßten sie ganz für einander: Adam war für Eva, Eva für Adam geschaffen. Wenn nun diese ihr Glück nicht einmal zu bewahren vermochten, welches Paar darf es denn dann wohl noch hoffen? Ich will dir nicht von den Heiraten der Erstgeborenen unter den Menschen sprechen, von jenen unaussprechlichen Verbindungen, als die Schwester zugleich die Gattin des Bruders war, als Liebesglut und Geschwisterfreundschaft in einem und dem nämlichen Herzen in einanderschmolzen, und die Reinheit der einen die Freuden der andern erhöhte. All diese Bündnisse wurden getrübt; die Eifersucht schlich an den Rasenaltar, auf welchen die jungen Ziegen geopfert wurden; sie herrschte unter dem Zelte Abrahams, ja selbst auf den Lagerstätten, auf welchen die Patriarchen so überschwängliche Freuden genossen, daß sie selbst den Tod ihrer Mütter darüber vergaßen.

Und konntest du dir wohl schmeicheln, mein Kind, unschuldiger und glücklicher in deiner Ehe mit Schakta zu werden, als jene heiligen Familien, von denen unser Herr und Heiland selbst abstammte? Ich verschone dich mit der Erzählung der Sorgen des Hauswesens, des Zanks und des Streits, der wechselseitigen Vorwürfe, der Unruhen und geheimen Leiden, welche am Hauptkissen des ehelichen Lagers wachen. Die Schmerzen der Gattin erneuern sich, so oft sie wieder Mutter wird, und unter Thränen tritt die Braut an den Traualtar. Welchen Schmerz ruft nicht der Verlust eines Säuglings hervor, den sie mit ihrer Milch ernährte, und der dann an ihrem Busen stirbt! Wehklagen erfüllten das Gebirge, Rachel war trostlos, denn ihre Söhne waren nicht mehr! Diese an jedes irdische Liebesglück geknüpften Widerwärtigkeiten sind so groß, daß ich in meinem Vaterland vornehme, von Königen geliebte Damen gesehen habe, welche den Hof verließen, um sich in einem Kloster zu begraben, und den widerspenstigen Leib abzutödten, dessen Genüsse nur Schmerzen sind.

Du wirst mir vielleicht einwenden, daß sich solche Beispiele, wie die, von denen ich rede, nicht auf dich bezögen; daß dein ganzer Ehrgeiz sich stets nur darauf beschränkte, mit dem Mann deiner Wahl unter dem friedlich schlichten Dach der Wildniß zu leben; daß dir der Sinn weniger nach den Freuden der Ehe selbst gestanden, als nach jenem wonnigen Zauber, nach jener so einzig schönen Thorheit, welche die Menschen *Liebesglück* nennen. – O chimärische Täuschungen und Nebelgebilde! O Eitelkeiten, o hohle Träume einer kranken, erhitzten Phantasie! Auch ich, meine Tochter, habe die Stürme des Herzens einmal durchlebt; dieses Haupt war nicht immer so kahl und diese Brust nicht immer so ruhig, wie sie dir jetzt erscheinen. Glaube meiner Erfahrung: wenn der Mensch, beharrlich in seinen Neigungen, beständig neue Nahrung für ein stets erneutes Gefühl fände, so würden ihn ohne Zweifel die Einsamkeit und die Kraft zu *lieben* Gott selbst ähnlich machen; denn das sind die zwei ewigen Freuden des höchsten Wesens. Jedoch die Seele des Menschen wird bald matt und stumpf, und nie liebt sie längere Zeit hindurch einen und den nämlichen Gegenstand mit gleichem Feuer. Es giebt stets einige Punkte, in welchen zwei Herzen von einander abweichen, und diese wenigen Punkte sind auf die Dauer hinreichend, um Einem das Leben schal und unleidlich zu machen.

Endlich, meine geliebte Tochter, besteht das größte Unrecht der Menschen darin, daß sie in dem Traum von Glück, dem sie sich hingeben, gewöhnlich ganz und gar das Gebrechen der Sterblichkeit vergessen, das nun einmal der menschlichen Natur unheilbar anklebt: – der schöne Traum hat einmal ein Ende. Früher oder später, mag dein Glück hienieden auch noch so groß gewesen sein, würden deine schönen Gesichtszüge einmal jenen einförmigen Ausdruck angenommen haben, welchen die Gruft den Kindern Adams verleiht; selbst Schaktas Auge möchte dich dann unter deinen Grabesschwestern nicht mehr herausgefunden haben. Bei den Würmern des Sarges enden Liebeslust und Glück. Was sag' ich? O Eitelkeit der Eitelkeiten! Was rede ich von der Macht der Freundschaft auf dieser Erde? Soll ich dir sagen, meine gute Tochter, wie groß sie ist? – Wenn einmal ein Mensch auch nur einige Jahre nach seinem Tode wieder an das Licht der Welt zurückkäme, so zweifle ich, ob ihn selbst Diejenigen, welche seinem Andenken die meisten Thränen geweiht, mit wirklicher Freude wieder begrüßen würden; so schnell knüpft man neue Bande, so leicht und schnell gewöhnt man sich an das Neue, so natürlich ist die Unbeständigkeit dem Menschen, so werthlos ist unser Leben, selbst in den Herzen unserer Freunde!

Sage daher Lob und Preis der göttlichen Güte, die dich so bald aus diesem Thale der Schmerzen abruft. Schon wird das schneeige Gewand und die Strahlenkrone der Jungfrauen für dich gewoben, schon hör' ich die Königin der Engel dir zurufen: komm, meine würdige Dienerin, komm, meine Taube, setze dich auf den Thron der Unschuld unter die Schaar der Jungfrauen, welche ihre Schönheit und ihr Jugendglück dem Dienst der Menschheit, der Erziehung der

Kinder, und den Werken der Buße geopfert haben. Komm, du mystische Rose, um an dem Herzen Jesu zu ruhen. Die frühe Bahre, dieses Hochzeitsbett, das du dir gewählt, wird dich nicht täuschen, und endlos werden die Umarmungen deines himmlischen Bräutigams sein.

So wie der letzte Strahl des Tages die Winde schweigen macht und Ruhe und Frieden bringt der müden Erde, so besänftigte das ruhige Wort des Greises die stürmischen Leidenschaften im Herzen meiner Geliebten. Sie schien jetzt nur noch mit meinem Schmerze, und mit den Mitteln beschäftigt, mich ihren Verlust ertragen zu lehren. Bald gab sie mir die Versicherung, daß ihr der Tod nicht so schwer wäre, wenn ich ihr verspräche, nicht mehr so zu weinen, sondern ruhiger zu werden; bald sprach sie von meiner Mutter, von meinem Heimatland; sie suchte meine gegenwärtigen Leiden zu zerstreuen, indem sie einen vergangenen Schmerz wieder aufweckte. Sie ermahnte mich zur Geduld, zu männlicher Ruhe und Gesetztheit. Du wirst nicht beständig unglücklich sein, sprach sie; wenn dich Gott jetzt prüft, so geschieht es gewiß nur darum, um dich empfänglicher für die Leiden Anderer zu machen. Die Seele des Menschen, o Schakta, gleicht gewissen Bäumen, welche den Balsam für die Wunden der Menschen nur dann von sich geben, wenn der Stahl sie selbst tödtlich verletzt hat.

Nachdem sie also gesprochen, wandte sie sich an den Priester und suchte bei ihm Ruhe und Frieden der Seele; und indem sie so bald mir eine himmlische Trösterin war, bald sich selbst trösten ließ von dem edeln Greis, gab und empfing sie das Wort des Lebens auf dem Lager des Todes.

Inzwischen verdoppelte der gute Einsiedler seinen Eifer. Dieser christliche Liebeseifer goß neues Leben in seine greisen Glieder, und während er neue Arzeneien zubereitete, die Glut neu anfachte, und frisches Moos aus dem Wald holte für das Lager der Kranken, sprach er mit heiligem Feuer von Gott und von der Seligkeit der Gerechten. Die Fackel des Glaubens in der Hand, schien er vor Atala in die Gruft hinabzusteigen, um ihr die geheimen Wunder derselben zu zeigen. Die niedere Grotte war voll von der Herrlichkeit dieses christlichen Todes, und ohne Zweifel waren die himmlischen Geister aufmerksame Zuschauer dieser Scene, in der blos die heilige Kraft der christlichen Religion, und nichts weiter, gegen die mächtigste Leidenschaft der Erde, gegen den jugendlichen Unverstand und gegen den Tod ankämpfte.

Und sie triumphirte, unsere göttliche Religion, und ein sichtbares Zeichen dieses Triumphes war eine gewisse heilige Wehmuth, die in unserm Herzen auf die Ausbrüche der Leidenschaft folgte. Gegen Mitternacht schien Atala neue Kräfte zu gewinnen, um die Gebete nachzusprechen, welche der Geistliche ihr am Rand des Lagers vorsprach. Bald darauf reichte sie mir die Hand, und sprach mit kaum mehr hörbarer Stimme: O Sohn des Outalissi, erinnerst du dich noch jener ersten Nacht, wo du mich für die Jungfrau der letzten Liebeslust hieltst? Sonderbare Vorahnung unseres Schicksals! – Sie schöpfte neuen Athem, dann nahm sie wieder das Wort: O, wenn ich daran denke, daß ich dir jetzt unerbittlich Lebewohl sagen muß, dann wird die Lust zum Leben plötzlich wieder so mächtig in meinem Herzen, daß ich in der Macht meiner Leidenschaft beinahe die Kraft zu finden meine, mich unsterblich zu machen. Indeß, o mein Gott! Dein Wille geschehe! – Atala schwieg einige Augenblicke, dann fuhr sie fort: Es bleibt mir nun nichts mehr übrig, als dich wegen der Schmerzen, die ich dir so oft verursachte, von Herzen um Verzeihung zu bitten. O Schakta, eine Handvoll Erde, auf mein Grab geworfen, wirft eine Welt zwischen dir und mir auf, und erlöst dich auf immerdar von der Last meines Unglücks.

Ich dir verzeihen? gab ich ihr unter einem Strom von Thränen zur Antwort. Bin denn nicht ich der Urheber all deiner Leiden? – Mein Freund, unterbrach sie mich, du hast mich sehr, sehr glücklich gemacht, und käme ich nochmals in die Welt zurück, und dürfte ich mein Leben noch einmal von vorn anfangen, o ich weiß es, ich zöge das himmlische Glück, dich wenige Augenblicke eines schmerzlichen Exils geliebt zu haben, einem ganzen Leben voll Ruhe in meiner Heimat vor. –

Hier erlosch Atalas Stimme; die Schatten des Todes umflorten ihr Mund und Augen; ihre in der Luft hin und her irrenden Finger schienen nach irgendwas uns Unsichtbarem zu greifen und zu suchen; sie sprach bereits mit den Geistern des Jenseits. Bald darauf machte sie einen mühsamen, jedoch vergeblichen Versuch, das kleine Crucifix von ihrem Hals los zu machen; sie bat mich, es mir selbst herunterzunehmen, und sprach dann:

Als ich das erstemal mit dir sprach, sahst du schon das kleine Kreuz da beim Schein des Feuers an meinem Herzen glänzen; es ist das einzige irdische Gut, welches Atala besitzt. Lopez, dein Vater und der meinige, sandte es meiner seligen Mutter wenige Tage vor meiner Geburt. Empfange dieses Erbe von mir, mein geliebter Bruder, und bewahre es dir zum Andenken meiner Leiden. Nimm, o nimm dann und wann in schweren Tagen auch deine Zuflucht zu diesem Gott der Leidenden! O Schakta! Noch um Eins bitt' ich dich, bevor ich hinübergehe: es ist mein letztes Wort an dich auf dieser Erde! – Unser Glück hienieden wäre am Ende doch nur von kurzer Dauer gewesen; doch es giebt nach diesem kurzen irdischen ein längeres und besseres Leben. Wie schrecklich wäre nicht schon der bloße Gedanke an eine ewige Trennung von dir! Jetzt hingegen gehe ich dir nur voran, und erwarte dich drüben im himmlischen Reiche. Wenn du mich in der That und wahrhaft geliebt hast, o, so laß dich in der christlichen Religion unterrichten, welche der einzige Weg zu unserer einstigen Wiedervereinigung ist. Sie wirkt vor deinen Augen ein großes Wunder, diese Religion, weil sie mir die Kraft verleiht, dich zu verlassen, ohne in der Qual der Verzweiflung zu sterben. Inzwischen verlange ich nur ein einfaches Versprechen von dir, mein theurer Schakta, weil ich jetzt weiß, wie theuer Einem ein Eid zu stehen kommt. Wie leicht möchte dir dieses Gelübde einmal eine ewige Kluft werden zwischen dir und einem andern weiblichen Wesen, welches glücklicher ist als ich. O meine Mutter, verzeihe deiner Tochter! O heilige Jungfrau, erbarme dich meiner und sei mit mir in diesem letzten Kampf des Lebens! Ach, ich fühle es, ich falle in meine vorige Schwäche zurück, und entziehe dir, o Gott, meine nur noch dir, dem Ewigen und Allbarmherzigen, angehörenden Gedanken!

Von Schmerz durchdrungen, versprach ich Atala, mich mit der Zeit gewiß noch einmal zum christlichen Glauben zu bekehren. Bei diesem Schauspiel erhob sich der Einsiedler mit begeistertem Angesicht, und rief, indem er die Arme zum Gewölbe der Grotte emporhob: Es ist Zeit, es ist Zeit, Gott den Herrn herbeizurufen!

Kaum hatte er diese Worte gesprochen, als eine übernatürliche Macht mich zwingt, mich auf die Knie niederzuwerfen und mein Haupt über Atalas Lager zu neigen. Der Priester schließt einen verborgnen Schrein auf, welcher eine goldene, mit einem seidenen Schleier bedeckte Urne verschloß, und wirft sich in tiefer Anbetung davor nieder. Plötzlich schien die Grotte hell erleuchtet; man vernahm Stimmen der Engel und den Klang der himmlischen Harfen in der Luft; und als der Einsiedler das heilige Gefäß aus dem Tabernakel hervorzog, glaubte ich Gott selbst aus der Felsenwand hervortreten zu sehen.

Der Priester deckte den Kelch auf, nahm zwischen seine beiden Finger eine Hostie, weiß wie Schnee, und näherte sich Atala, indem er dabei geheimnißvolle Worte sprach. Die Augen dieser Heiligen waren in seliger Extase himmelwärts erhoben, all ihre Schmerzen schienen von ihr gewichen; all ihre Lebenskraft drängte sich auf ihren Mund, und die Lippen öffneten sich, um den in dem geweihten Brode verborgenen Gott voll Ehrfurcht zu empfangen. Hierauf tauchte der göttliche Greis einige Baumwollflocken in heiliges Oel, und rieb Atalas Schläfe damit; dann betrachtete er einen Augenblick die sterbende Jungfrau, und rief plötzlich mit starker Stimme: Schwinge dich auf, o christliche Seele, und vereinige dich wiederum mit deinem Herrn und Schöpfer! – Jetzt erhob ich mein gebeugtes Haupt und sagte, mit einem Blick auf das Gefäß mit dem heiligen Oele: Wird dieser Balsam meiner Atala das Leben wieder geben? – Ja, mein Sohn, versetzte der Priester, und sank in meine Arme, das ewige Leben! – Atala war nicht mehr.

Hier mußte Schakta seine Erzählung zum zweitenmal unterbrechen; Thränen überströmten sein Angesicht und er vermochte nur abgebrochene Laute hervorzubringen. Der blinde Saschem entblößte seinen Busen, und zog Atalas Crucifix hervor. Da ist es, rief er, dieses Pfand des Unglücks! O René, o mein Sohn, du siehst es, und ich, ich seh' es nicht! Sage mir doch, hat, nach so vielen Jahren, das Gold seinen Glanz noch nicht verloren? Erblickt man nicht die Spur meiner Thränen darauf? Kann man wohl die Stelle noch erkennen, auf welche die Heilige ihre Lippen drückte? Warum ist Schakta noch immer kein Christ? Aus welchen nichtigen politischen und Vaterlandsgründen ist er bis jetzt in den Irrthümern seiner Väter verblieben? – Doch ich will jetzt nicht mehr länger zögern; die Erde ruft mir bereits zu: O Greis! Ueber ein Kleines gehst auch du in meine ewige Ruhe ein, und du denkst noch nicht daran, dich zu Gott und seinem himmlischen Glauben zu bekehren? – Ich komme, ich komme schon, du kühle Todesgruft! – Sobald ein Priester dieses von Gram und Sorgen gebleichte Haupt in der heiligen Flut verjüngt haben wird, hoffe ich mich wieder mit Atala zu vereinigen ... Doch laß mich nun das Ende meiner Geschichte erzählen.

IV. Das Begräbniß

Ich will es nicht versuchen, o René, dir jetzt noch die Verzweiflung zu schildern, die mein Gemüth ergriff, nachdem Atala ihren letzten Seufzer ausgehaucht. Dazu gehört mehr Feuer, als mir noch übrig geblieben ist; meine jetzt geschlossenen Augen müßten sich dem goldnen Gestirn des Tages wieder öffnen, um Rechenschaft von ihm zu fordern für die Thränen, die sie bei seinem Lichte vergossen. Ja, der Mond, der in diesem Augenblick ob unsern Häuptern glänzt, wird müde werden, die Wildnisse von Kentucky zu beleuchten, der Fluß, der unsre Piroguen trägt, still stehen in seinem Lauf, ehe meine Thränen ermüden werden, um Atala zu fließen. Während zweier ganzen Tage hatte ich kein Ohr mehr für die Reden des Eremiten. Dieser treffliche Mann bediente sich keiner irdischen Trostgründe, um meinen Schmerz zu lindern; er begnügte sich mir zu sagen: Mein Sohn, es ist der Wille Gottes, und damit schloß er mich in seine Arme. Nie hätte ich geglaubt, daß so viel Trost in so wenigen Worten eines gottergebenen Christen läge, hätt' ich es damals nicht selbst empfunden.

Die Zärtlichkeit, die Salbung, die unerschütterliche Geduld des greisen Priesters besiegten endlich meinen unbezähmbaren Schmerz. Ich schämte mich zuletzt der Thränen, die er um mich vergoß. Mein guter Vater, sagte ich zu ihm, das ist zu viel; die stürmischen Leidenschaften eines Jünglings sollen dir deine Tage nicht ferner trüben. Laß mich die Ueberreste meiner geliebten Braut mit mir nehmen, ich will sie in einem Winkel der Wildniß begraben, und wenn ich selbst noch länger zu leben verurtheilt bin, so will ich der himmlischen Vermählung würdig zu werden suchen, welche mir Atala verheißen hat.

Bei dieser ihm gänzlich unerwarteten Rückkehr meines frischen Muths zitterte der gute Pater vor Freude: O heiliges Blut Christi, rief er aus, o Blut meines göttlichen Meisters, hieran erkenne ich dein Verdienst! Gewiß läßt du mit der Zeit auch diesem Jüngling das Licht deiner Gnade leuchten! Mein Gott, vollende dein Werk. Gieb diesem vom Sturm der Leidenschaften empörten Gemüthe den Frieden wieder, und laß ihm nur das demüthig fromme und heilsame Andenken an seine überstandenen Leiden!

Die theuern Reste meiner Atala überließ mir der Gerechte nicht, sondern schlug mir vor, die Kinder seines kleinen jungen Pfarrsprengels herbeizurufen, und die Tochter des Lopez mit dem ganzen Gepränge der christlichen Kirchengebräuche zu begraben. Dagegen erhob nun ich wieder Einsprache. Das Unglück und die Tugenden Atalas, sprach ich, sind den Menschen fremd geblieben; möge auch ihr von unsern Händen in stiller Einsamkeit bereitetes Grab die nämliche Dunkelheit decken! – Wir kamen mit einander überein, uns den andern Morgen mit Anbruch des Tages auf den Weg zu machen, um Atala unter dem Bogen der Brücke am Eingange des Todtenhains zu begraben; auch beschlossen wir die Nacht bei dem Körper dieser Heiligen im Gebete zu durchwachen.

Gegen Abend trugen wir ihre kostbaren Ueberreste vor die nördliche Oeffnung der Grotte. Der Einsiedler hatte sie in ein Stück europäischer Flachsleinwand gewickelt, welches ihm seine eigene Mutter gesponnen; sie war das einzige Gut und die einzige Habe, die ihm noch aus seinem Vaterland geblieben, und seit langer Zeit war sie für sein eigenes Grab bestimmt gewesen. Atala lag auf einem Rasen von Gebirgsmimosen; ihre Füße, ihr Haupt, ihre Schultern und ein Theil ihres Busens waren entblößt. Ihr Haar schmückte eine welke Magnoliablume; es war die nämliche, die ich selbst noch auf das Lager der Jungfrau gelegt, um sie fruchtbar zu machen. Ein wehmüthig sanftes Lächeln umschwebte ihre Lippen, die einer seit zwei Morgen gepflückten Rosenknospe glichen. Auf ihren Wangen, rein wie der Schnee im Mondenglanz, unterschied man einige blaue Adern. Ihre schönen Augen waren geschlossen; ihre sittsamen Füße waren übereinandergelegt, und ihre Alabasterhände drückten ein Crucifix von Ebenholz an die Brust; das Scapulier des Gelübdes hing an ihrem Halse. Der Engel der Schwermuth und der doppelte Schlaf der Unschuld und des Grabes schienen sie verzaubert zu haben. Nie habe ich etwas Himmlischeres gesehen. Wer nicht wußte, daß diese holde Gestalt einmal gelebt, der mußte sie für das Werk eines Bildhauers, für das Bild der schlummernden Jungfräulichkeit halten.

Der Geistliche betete ohne Unterlaß die ganze Nacht hindurch; ich saß schweigend am Todtenlager meiner Atala. Wie oft hatte ich, wenn sie schlief, ihr schönes Haupt auf meinen Knien
gewiegt! Wie oft hatte ich mich über sie hingeneigt, um ihren Athem zu hören und in mich
zu saugen! Ach, jetzt kam kein Laut mehr aus diesem unbeweglichen Busen, und vergebens
erwartete ich jetzt das Erwachen der Schönheit.

Der Mond warf seine bleichen Strahlen auf diese Todtenwacht. Er erhob sich in der Nacht wie
eine Vestalin, die da an der Bahre einer Gefährtin weint. Bald verbreitete er in den Urwäldern
jenes heilige Geheimniß der Schwermuth, das er so gerne den bejahrten Eichen und den einsamen Gestaden des Meeres erzählt. Von Zeit zu Zeit tauchte der Priester einen Blüthenzweig in
geweihtes Wasser, besprengte damit die Leiche, und erfüllte so die Nacht mit dem Balsamduft
des Himmels. Bisweilen sang er nach einer uralten Melodie folgende Strophen eines Dichters
der Vorwelt, Job war sein Name:

Ich bin verblüht wie eine Blume, ich bin hingewelkt wie das Gras des Feldes.

Warum ist das Licht dem Elenden gegeben worden, und das Leben denen, deren Herzen voll Trübsal sind?

So sang der Greis; seine tiefe, klangvolle Stimme scholl mächtig hin durch das Schweigen der
Wildniß; den Namen Gottes und des Grabes riefen rings die Echo's, riefen rings die Ströme und
die Wälder nach. – Die girrenden Töne der Virginiatauben, das Rauschen der Waldbäche, und
das Läuten der Glocke, welche von Zeit zu Zeit erklang, um fremden Reisenden zum Zeichen
zu dienen, schmolzen zusammen mit den Todtengesängen, und man glaubte in dem Hain des
Todes den fernen Chor der Abgeschiedenen zu vernehmen, welcher der Stimme des Einsiedlers
antwortete.

Inzwischen wurden im Ost schon die ersten goldenen Streifen sichtbar; die Sperber schrien
auf den Felsen, und die Marder kehrten in ihre Löcher zurück im hohlen Stamm der Ulmen;
es war die Zeit zu Atalas Begräbniß. Ich lud die theure Todte auf meine Schultern, und der
Einsiedler schritt vor mir her, eine Schaufel in der Hand. Wir stiegen von Felsen zu Felsen hinab,
das Alter und der Tod hemmten in gleichem Maß unsere Schritte. Bei dem Anblick des Hundes,
der uns im Walde gefunden, und der nun unter Freudensprüngen uns einen ganz andern Weg
zeigte, zerfloß ich in Thränen. Oft warf das lange Haupthaar Atalas, mit dem der Morgenwind
spielte, seinen goldenen Schleier um meine Augen; oft, wenn ich unter der Schwere meiner
Last fast erlag, war ich genöthigt, sie ins Moos niederzulegen und bei ihr auszuruhn, um neue
Kräfte zu sammeln. Endlich kamen wir an der Stelle an, welche mein Schmerz sich erwählte;
wir stiegen unter das Gewölbe der Brücke hinab. O mein Sohn, das war ein Bild, wie da in der
Wildniß ein junger Wilder und ein greiser Einsiedler einander auf den Knien gegenüber lagen,
und ein Grab gruben für eine arme Jungfrau, deren selbst im Tod noch himmlisch schöner
Körper nahe dabei im Bett eines Gießbachs lag.

Als wir zu Ende waren mit unserer Arbeit, trugen wir die Schönheit in ihr Bett von Erde.
Ach, ich hatte ihr ein anderes Lager zugedacht in meinen Träumen! Dann nahm ich eine Handvoll Staub und heftete in dumpfem Schweigen zum letztenmal meine Blicke auf Atalas Antlitz.
Endlich streute ich die Erde des Schlafes auf die Stirn von achtzehn Lenzen, und sah, wie nach
und nach Atalas Gesichtszüge unsichtbar wurden, und wie ihre Anmuth mehr und mehr unter
dem schwarzen Schleier der Ewigkeit verschwand; ihr Busen nur sah noch einige Zeit aus dem
schwarzen Grund hervor, wie eine Lilie aus dunkelm Thon. Lopez, rief ich nun, schau, wie da
dein Sohn deine Tochter begräbt! und bedeckte Atala vollends mit der Erde des Schlafes.

Wir kehrten zur Grotte zurück, und ich theilte dem guten Priester meinen Entschluß mit,
für immer bei ihm zu bleiben. Der Heilige, ein Kenner des menschlichen Herzens wie Wenige,
durchschaute meine Absicht und die List, welche mein Schmerz ersonnen. Schakta, Sohn des
Outalissi, sagte er zu mir, so lange Atala lebte, hab' ich dich selbst gebeten, bei mir zu bleiben;
jetzt ist die Sache jedoch eine andere, und dein Vaterland ruft dich zurück. Glaube mir, mein
Sohn, die Schmerzen sind nicht ewiger Natur; sie müssen früher oder später enden, weil das
Herz des Menschen auch endlich ist. Es gehört zu unsern Unvollkommenheiten, daß wir nicht
einmal fähig sind, uns längere Zeit unglücklich zu fühlen. Kehre in deine Heimat, an den Strand

des Meschacebe, zurück, tröste deine Mutter, die Tag und Nacht um dich klagt, und die sich nach deiner Nähe und deiner treuen, kindlichen Pflege sehnt. Laß dich in der Religion deiner Atala unterrichten, sobald es in deiner Macht steht, und erinnere dich, daß du ihr auf dem Sterbebett versprochen hast, tugendhaft zu bleiben und Christ zu werden. Ich will hier an Atalas Grabe wachen. Geh, mein Sohn! Gott, der Geist deiner Schwester, und die innige Theilnahme und Freundschaft des greisen Paters Aubry werden dir folgen.

So sprach der Mann des Felsens. – So mächtig war der Eindruck, den jedes Wort seines Mundes auf meine Seele machte, und von einer so tiefen Ehrfurcht vor seiner Einsicht war ich durchdrungen, daß ich ihm ohne Widerrede gehorchte. Schon den andern Morgen verließ ich meinen edeln Gastfreund, der mich unter Thränen an sein Herz drückte, und mir noch seinen letzten Rath, seinen letzten Segen ertheilte. Ich begab mich noch einmal zu meinem theuern Hügel, und war überrascht, ein kleines Kreuz darauf zu finden, welches sich aus der Nacht des Todes erhob, gleichwie sich aus der Flut empor oft noch der Mast eines untergegangenen Wraks erhebt. Ich schloß daraus, daß der Einsiedler während der Nacht am Grabe gebetet habe. Dieser Beweis von Freundschaft und tiefer Religiösität rührte mich bis zu Thränen. Es kam mir der Gedanke, mir die theuern Reste wieder heraus zu graben, um meine Geliebte noch einmal zu sehen; doch eine heilige Scheu hielt mich davon zurück. Ich setzte mich auf die frisch aufgeworfene Erde. Einen Arm auf die Knie gestützt und das Gesicht mit der Hand zugedeckt, versank ich in die tiefste Schwermuth. Hier, o René! stellte ich zum erstenmal ernsthafte Betrachtungen über die Eitelkeit der Welt und die noch bei Weitem größere Eitelkeit unserer Pläne und Entwürfe an. Ach, mein Sohn, wer hat sich nicht schon einmal solchen Betrachtungen überlassen? Ich bin nunmehr ein greiser, von dem Schnee vieler Winter graugewordener Hirsch; meine Jahre wetteifern mit denen der Krähe; und dennoch, trotz den über mein Haupt hinweggegangenen Tagen, trotz meiner langen Lebenserfahrung, habe ich noch keinen Menschen gefunden, den nicht das Traumbild seines Glückes schmerzlich betrog, dem nicht von heimlichen Wunden die Seele blutete! Das dem Anschein nach heiterste Gemüth gleicht einer jener natürlichen Cisternen im Grün der Sawannen von Alachua; von obenher gesehn erscheint sie ruhig und klar; blickt man jedoch länger und tiefer hinunter, so gewahrt man mit Schrecken ein gräßliches Krokodil, welches der Quell der Steppe an seinem Grund ernährt.

Nachdem ich so noch einen ganzen Tag einsam an diesem Ort des Grams zugebracht, schickte ich mich an, am folgenden Morgen mit dem ersten Schrei des Storches die heilige Ruhestatt meiner Geliebten zu verlassen. Ich entfernte mich von ihr wie von dem Markstein, von dem aus ich mir die Laufbahn eines neuen Lebens der Thätigkeit und schöner Tugenden zu betreten vornahm. Dreimal rief ich der Seele Atalas, und dreimal antwortete der Genius der Wildniß meiner Stimme unter dem Todtengewölbe. Dann wandte ich mich gegen Morgen und entdeckte auf dem fernen Gebirgspfad den Eremiten, der sich an das Sterbebett eines Unglücklichen begab. Ich fiel jetzt noch einmal auf meine Knie nieder, umfaßte den Grabeshügel und rief: O schlummre in Frieden in dieser fremden Erde, du meine allzuunglückliche Atala! Zum Lohn für deine Treue, für die Schmerzen des Exils und deinen frühen Tod läßt jetzt selbst Schakta treulos dein Grab im Stiche! – Unter einem Strom von Thränen trennte ich mich endlich von der Tochter des Lopez; ich riß mich von dem Orte los, und ließ am Fuße dieses Denkmals der Natur ein noch erhabeneres Denkmal zurück: das bescheidne Grab reiner und einziger Tugenden.

Epilog

Schakta, der Sohn des Outalissi, der Saschem vom Stamm der Natsches, hat diese Geschichte dem Europäer René erzählt. Die Väter überlieferten sie ihren Kindern, und ich, der Pilgrim in fernen Landen, berichtete getreulich, was ich von den Indianern erfahren. Ich sah in dieser Erzählung die Schilderung eines jagd- und ackerbautreibenden Volks; ich sah in ihr die Religion, als die erste Gesetzgeberin der Menschen, sah in ihr die Gefahren der Unwissenheit und der religiösen Schwärmerei, entgegengesetzt den helleren Begriffen einer allgemeinen Menschenliebe und dem wahren Geiste des Evangeliums; den Kampf der Leidenschaften und Tugenden in einem unverdorbenen Herzen, und den Sieg des Christenthums über die heftigste Leidenschaft und die höchste Furcht, die Liebesleidenschaft nämlich, und den Tod.

Als ein Siminole mir diese Geschichte erzählte, fand ich sie sehr schön und lehrreich, weil er die Blume der Wildniß, die Anmuth des patriarchalischen Lebens unter den Gezelten des Waldes, und eine Einfachheit der Schmerzensschilderung hineinlegte, welche ich mir nicht schmeichle, darin bewahrt zu haben. Eines blieb mir inzwischen noch zu wissen übrig. Ich fragte, was denn aus dem Pater Aubry geworden sei; doch Niemand konnte es mir mehr sagen. Auch hätt' ich sein Schicksal wohl nie erfahren, hätte mir nicht die Vorsehung, die jeden unserer Schritte lenkt, wie durch einen Zufall entdeckt, was ich suchte. Es geschah dieses, wie folgt:

Ich hatte die Gestade des Meschacebe besucht, welche ehemals die südliche Gränze von Neufrankreich bildeten, und war begierig, das nördliche Wunder dieses Reiches, den berühmten Niagarafall, zu sehen. Nahe bei demselben, in dem Land der Irokesen angelangt, sah ich eines Morgens, als ich die Ebene durchstreifte, eine Frau unter einem Baume sitzen, die ein todtes Kind auf dem Schooß hielt. Leise nahte ich mich der jungen Mutter und vernahm nun, wie sie zu dem bleichen Lieblinge also sprach:

Wenn du bei uns geblieben wärst, theures Kind, mit welcher Anmuth hätte dann deine Hand den Bogen gespannt! Dein Arm hätte den rasenden Bären bezwungen, und auf dem Gipfel des Berges hättest du selbst das flüchtige Reh eingeholt in seinem Lauf. – Weißes Hermelin des Felsens, so jung schon mußtest du ins Land der Geister hinuntersteigen! Wie wirst du es anfangen, um zu leben? Dein Vater wird nicht dort sein, um dich von der Jagd zu nähren. Du wirst frieren, und kein Geist wird dir Felle geben, um dich damit zu bedecken. O, ich muß eilen, mich wieder mit dir zu vereinen, um dir Lieder zu singen und dir die Brust zu reichen.

So lautete der Gesang der jungen Mutter, den sie mit vor Schmerz bebender Stimme sang; dabei wiegte sie das Kind auf ihren Knien, benetzte seine Lippen mit der Milch ihrer schneeigen Brüste, und verschwendete an den Tod all jene zärtliche Sorgfalt, die man dem Leben zu widmen pflegt.

Diese Frau war in diesem Augenblick gerade damit beschäftigt, den Körper ihres Kindes nach indianischem Volksgebrauch auf Baumzweigen zu trocknen, um ihn dann in die Gräber der Väter zu tragen. Sie entkleidete daher den Neugeborenen, hauchte einige Augenblicke auf seinen Mund und sagte: Du Seele meines Sohns, liebliche Seele, dein Vater hat dich einst mit einem Kuß auf meinen Lippen geschaffen; ach, diese Lippen haben nicht die Macht, dir ein zweites Dasein zu geben! Dann entblößte sie ihre Brust, und drückte die kalten Ueberreste daran, die sich am Feuer des Mutterherzens wieder belebt haben würden, wäre die Kraft jenes göttlichen Hauchs, welcher da Leben giebt, nicht ein unbegreifliches Wunder, welches nur Gott, der Herr des Lebens und des Todes, zu wirken im Stande ist.

Sie erhob sich und suchte sich mit den Augen einen Baum aus, um ihr Kind an seine Aeste zu hängen. Sie wählte sich einen hellrothblühenden Ahornbaum aus, der vollhing von lauter Blumengewinden, und der die lieblichsten Wohlgerüche um sich her verbreitete. Mit der einen Hand bog sie einen Zweig herab, mit der andern legte sie den Körper darauf; als sie den Zweig losließ, kehrte dieser wiederum in seine frühere Lage zurück und nahm in der duftenden Blätterwiege die gebrochene Lilie der kindlichen Unschuld mit sich. O wie rührend ist dieser indianische Gebrauch! Ich hab' euch auf euern wüsten Gefilden gesehen, ihr prachtvollen Denkmäler eines Crassus, eines Cäsar; doch für unendlich schöner halte ich die luftigen Gräber der

Wilden, jene Mausoleen von Blumen und Laubwerk, um welche die Biene schwärmt, auf denen der Zephir sich wiegt, die Nachtigall ihr Nest baut und ihr schmelzendes Klagelied anstimmt. Wenn es die sterblichen Reste einer Jungfrau sind, welche die Hand des Geliebten an den Baum des Todes hängt, wenn es die Ueberreste eines geliebten Kindes sind, welche die Mutter unter das grüne Zelt junger Vögel gehängt hat, so ist der Zauber noch größer.

Ich näherte mich Derjenigen, die am Fuß des Ahorns seufzte; ich legte ihr die Hände auf das Haupt und stieß den dreifachen Schrei des Schmerzes aus. Dann nahm ich, ohne ein Wort zu sagen, wie sie einen Zweig und verscheuchte die Fliegen, die den Leichnam des Kindes umsummten. Ich hütete mich jedoch dabei, eine nahe Taube zu erschrecken. Die Indianerin sagte zu ihr: Taube, wenn du nicht die entflogne Seele meines Sohnes bist, so bist du gewiß eine Mutter, die etwas sucht, um ein Nest zu bereiten. Nimm von diesen Haaren, die ich nun nicht mehr, ach, zu meinem Schmerz nicht mehr in Chinamilch zu waschen brauche; nimm dir davon, um deine Kinder darauf zu betten; möge sie dir der große Geist am Leben erhalten!

Inzwischen weinte die Mutter vor Freude, als sie die Theilnahme des Fremdlings für sie bemerkte. Während dem trat ein junger Mann heran: Tochter Celutas, nimm dein Kind zu dir; wir werden nicht länger mehr hier verweilen, sondern mit der ersten Morgenfrühe abreisen. – Ich sagte hierauf: Bruder, ich wünsche dir blaue, sonnige Tage, Reichthum an Ziegen und Rehen, einen Mantel von Biberfell, und gute Hoffnungen. So bist du denn kein Bewohner dieser Wildniß? – Nein, versetzte der junge Mann, wir sind vertrieben, und suchen uns eine neue Heimat. Indem er dieses sagte, senkte der Krieger sein Haupt auf die Brust, und schlug mit dem Ende seines Bogens den Blumen die Köpfe ab. Ich sah Thränen im Hintergrund dieser Geschichte, und schwieg. Die Frau nahm ihr Kind wieder von dem Baumaste herab und reichte es dem Mann hin, um es zu tragen. Jetzt ergriff ich das Wort und sprach zu den Beiden: Erlaubt ihr mir denn, diese Nacht euer Feuer zu schüren? – Wir haben leider keine eigene Feuerstelle mehr, sprach der Krieger; – ist es dir indeß genehm, so komm mit uns, wir lagern am Niagarafall. – Ich bin es zufrieden, gab ich ihm zur Antwort.

Bald kamen wir hin an den berühmten Wasserfall, der sich schon von fern durch ein fürchterliches Getöse ankündigte. Er wird durch den Niagarastrom gebildet, welcher aus dem Eriesee hervorbricht und sich dann in den Ontariosee stürzt; seine senkrechte Höhe beträgt nicht weniger als 144 Fuß. Vom Eriesee bis zum Fall wälzt sich der Niagara grausenhaft jähen Laufs dahin; und im Augenblick des Falles ist er weniger ein Fluß, als ein Meer, dessen Wogen sich mit Macht in den offenen Rachen des Abgrunds drängen. Der Fall theilt sich in zwei Arme und erhält dadurch die Gestalt eines Hufeisens. Zwischen beiden Armen tritt eine untenher durch die Flut hohl gewühlte Insel hervor, die mit all ihrer üppigen Vegetation hoch überm Chaos der Wogen hängt. Jener Schwall des Stromes, der gegen Süden läuft, wölbt sich empor zu einem ungeheueren Cylinder, entwickelt sich dann gleich einem Teppiche von Schnee und glänzt im Sonnenschein mit allen Farben. Jener hingegen, welcher ostwärts hinabrauscht, stürzt sich in einen grauenhaft schwarzen und nächtlichen Schlund hinab; er gleicht dem Wasserschwall einer Sündflut. Zahllose prächtige Regenbogen wölben und durchkreuzen sich über dem Abgrunde. Wenn die Wogen an den Fels anschlagen, so prallen sie wieder zurück in Wirbeln von Schaum, die über den Wäldern emporsteigen, wie die Rauchwolken einer ungeheuern Feuersbrunst. Fichten, wilde Nußbäume, gigantische Felsen verherrlichen das einzige Schauspiel. Adler, vom Luftzuge dahingetragen, kreisen über der Tiefe, und Carcajus hängen sich mit ihren hin und her schwankenden Schweifen an einen niedrigen Zweig, um so die den Strom heruntertreibenden Leichen der Elchen und der Bären zu erhaschen.

Während ich dieses Schauspiel mit einem von Lust und Schrecken zugleich gemischten Gefühle betrachtete, verließen mich die Indianerin und ihr Mann. Ich suchte sie oberhalb des Wasserfalles, und fand sie an einem Orte, der ganz zu der traurigen Lage paßte, in der sie sich befanden. Sie lagen im Grase in Gesellschaft von Greisen, bei einem Haufen von Menschengebeinen, welche in Thierfelle gewickelt waren. Ueberrascht von all dem Vielen, was ich in Zeit von wenigen Stunden gesehn, setzte ich mich neben der jungen Frau nieder, und sprach zu ihr: Wohin geht ihr, meine Schwester, und was soll es denn mit all diesen Dingen da? – Sie antwortete mir: Bruder, das da ist die Erde des Vaterlands; und das ist die Asche unserer Väter, die uns jetzt nachfolgt in den Gram des Exils. – Und was hat euch denn, fragte ich weiter, in eine so traurige Lage gebracht? – Die Tochter der Celuta erwiderte: Wir sind die Letzten von dem Stamm der Natsches. Nach der Niederlage unserer Nation durch die Franzosen, welche ihre Brüder rächten, fanden diejenigen von uns, welche nicht unter den blutigen Streichen der Sieger fielen, eine Freistatt bei den Chikassas, unsern Nachbarn. Dort lebten wir eine geraume Zeit ruhig; vor sieben Monaten bemächtigten sich jedoch die Weißen aus Virginien unseres Landes, indem sie vorgaben, es sei ihnen von einem europäischen Könige geschenkt worden. Wir haben die Augen zum großen Geist erhoben, uns mit den Ueberresten unserer Väter beladen, und den Weg durch die Wildnisse angetreten. Ich bin auf dem Zuge niedergekommen, und da mir durch die letzten überstandenen Leiden die Milch zu Gift geworden ist, so ist unser armer Kleiner daran gestorben. – Indem sie dieses sagte, trocknete sie sich mit dem schönen, üppigen Haar die Thränen aus dem Gesichte, und ich selbst mußte mit ihr weinen.

Meine Schwester, sagte ich hierauf, laß uns den großen Geist anbeten; was geschieht hienieden, geschieht auf sein Geheiß. Wir sind sämmtlich nur Wanderer auf Erden; unsere Väter waren es wie wir, doch es giebt einen Ort, wo wir ruhen werden von der Wanderschaft. Wenn ich nicht fürchtete, daß ihr mich am Ende für einen verrätherischen Weißen anseht, so möchte ich dich fragen, ob du von Schakta, dem berühmten Saschem vom Stamm der Natsches, hast sprechen hören? Bei diesen Worten blickte mich die Indianerin an und sagte: Wer hat dir von Schakta dem Natsche erzählt? – Ich antwortete: Die Weisheit. – Die Indianerin erwiderte: Ich will dir sagen, was ich weiß, weil du mir die Fliegen vom Körper meines Kindes verscheucht und so schöne Worte vom großen Geiste gesprochen hast. Ich bin die Tochter der Tochter Renés des Europäers, den Schakta an Sohnesstatt annahm. Schakta, welcher sich taufen ließ, und mein unglücklicher Großvater René sind mit einander im Gemetzel umgekommen. – Der Mensch geht ohne Unterlaß von Schmerz zu Schmerz, antwortete ich mit gesenktem Haupt. – Vielleicht kannst du mir auch Nachricht vom Pater Aubry geben? – Er war nicht glücklicher als Schakta, sagte die Indianerin. Die Tscherokesen, Feinde der Franzosen, drangen in seine Missionsanstalt, zu der sie durch den Ton der Glocke den Weg fanden, die gerade zum Beistande der Reisenden erklang; der Pater Aubry selbst wäre, hätt' er nur die Flucht ergreifen mögen, mit dem Leben davon gekommen; er mochte jedoch seine Pfarrkinder nicht im Stich lassen und blieb, um ihnen mit seinem eigenen muthigen Beispiel im Tode voranzugehen. Unter schrecklichen Qualen starb der heilige Mann mit heiterem Angesicht den Feuertod, und nichts war im Stande, ihm auch nur einen Laut zur Unehre seines Gottes und seines Vaterlands zu erpressen. Er hörte während seiner Martern nicht auf, für seine Henker zu beten und das Loos der armen Schlachtopfer zu beklagen. Um ihn mit Gewalt wenigstens zu einem Zeichen menschlicher Schwachheit zu zwingen, führten die grausamen Tscherokesen einen jungen, auf das Gräßlichste zugerichteten Wilden seiner Mission vor ihn. Wie erstaunten sie jedoch, als sie sahen, daß der Jüngling auf die Kniee fiel und die Wunden des greisen Einsiedlers küßte, der ihm zurief: Mein Sohn, sei standhaft und frohen Muths, wir stehen jetzt den Menschen und den Engeln zur Schau. Wüthend stießen ihm die Indianer ein glühendes Eisen in den Hals, und er starb, als er nicht mehr im Stand war, andere Menschen zu trösten.

Man sagt, daß die Tscherokesen, so gewohnt sie auch waren, die Wilden mit Ruhe die schrecklichsten Qualen leiden zu sehen, doch gestanden, es habe in dieser heldenmüthigen Ergebung des Paters Aubry eine Glorie gelegen, wie sie sie noch nie gesehen, und wogegen jeder andere Muth der Erde klein erscheine. Auch wurden mehrere unter ihnen von diesem herrlichen Tode so mächtig ergriffen, daß sie sich zum Christenthum bekehrten.

Als Schakta einige Jahre später, bei seiner Heimkehr aus dem Land der Weißen, das traurige Ende des Missionsgeistlichen vernahm, machte er sich auf, um Aubrys und Atalas Asche zu sammeln. Er kam in das Thal hin, wo früher die Missionskolonie lag, war jedoch kaum mehr im Stande, sie wieder zu erkennen. Der See war aus seinen Ufern getreten und die grüne Sawanne in einen Sumpf verwandelt; die schöne natürliche Felsenbrücke war eingestürzt, und die Gebüsche des Todes und Atalas Grab waren mit den Trümmern derselben bedeckt. Geraume

Zeit streifte Schakta in diesem Thal umher; er besuchte die Grotte des Einsiedlers und fand sie mit Dornen und Himbeerstauden bewachsen, und darin lag eine Hindin, die ihr Junges säugte. Er setzte sich auf den Felsen der Todtenwacht, wo er nichts als einige den Schwingen eines Zugvogels entfallne Federn erblickte. Während er in Thränen so dasaß, kroch plötzlich die zahme Schlange des Missionärs aus dem nahen Gesträuche hervor, und wand sich um seine Füße. Schakta erwärmte diesen treuen Freund, den einzigen und letzten, der unter all diesen Trümmern noch übrig geblieben war, an seinem Busen. Der Sohn Outalissis erzählte, daß er im dämmernden Nebelglanz des Abends mehr als einmal die Geister Atalas und des Pater Aubry zu sehen geglaubt habe; freundliche Erscheinungen, an denen er damals mit heiligem Schauer und süßer Wehmuth gehangen. Nachdem er vergebens die Gräber Atalas und des Einsiedlers gesucht, war er gerade im Begriff, wieder weiter zu wandern, als plötzlich die Hirschkuh der Grotte freudig vor ihm hersprang. Sie blieb am Fuß des Missionskreuzes stehen. Dieses Kreuz stand damals halb und halb im Sumpfe des Sees, das Holz desselben war mit Moos bedeckt, und der Pelikan der Wildniß saß, sich träge hin und her schaukelnd, auf seinen morschen Armen. Schakta vermuthete, das dankbare Thier habe ihn zum Grabe seines Wohlthäters geführt. Er grub nach unter dem Felsen, dem ehemaligen Altare der Mission, und fand wirklich die Skelette eines Mannes und einer Frau. Er zweifelte nicht daran, daß es die Gebeine des würdigen Geistlichen und der Jungfrau seien, die vielleicht die Engel hier begraben; er umwickelte sie mit Bärenhäuten, und kehrte in seine Heimat zurück, beladen mit den kostbaren Ueberresten, die auf seinen Achseln wie der Köcher des Todes erklangen. Zur Nachtzeit legte er sie unter sein Haupt, und träumte von Liebesglück und heiligen Tugenden. O Fremdling, du kannst hier ihre Asche, mit der des Schakta vermischt, betrachten!

Als die Indianerin die letzten Worte gesprochen, stand ich auf und näherte mich der heiligen Asche, vor der ich mich niederwarf. Dann entfernte ich mich mit großen Schritten, und rief: So geht denn dahin auf Erden, was gut, was tugendhaft und gefühlvoll ist! O Mensch! Du bist nichts weiter als ein flüchtiger Traum, ein schmerzliches Wahngebild; das Unglück ist die Zone, in der du lebst, und du bist nur etwas durch die Traurigkeit deiner Seele und die ewige Schwermuth deiner Gedanken! – Diese Betrachtungen beschäftigten mich während der ganzen Nacht. Des andern Tages, am frühen Morgen, verließen mich meine gastlichen Wirthe. Die Kriegsmänner eröffneten den Zug, die Frauen schlossen ihn; die erstern waren mit den heiligen Reliquien beladen, und die letztern trugen ihre jüngsten Kinder; dazwischen gingen die Greise einher; so wandelten sie zwischen Erinnerungen und Hoffnungen, zwischen der verlornen und der künftigen Heimat. O welche Thränen fließen, wenn man so die Heimat verläßt, wenn man von der Höhe herab zum letztenmal das Dach erblickt, wo man seine Kindheit zugebracht hat, und den Strom der Heimat, der, als wäre nichts geschehen, zwischen Ufern, die jetzt mit Schmerz das Joch der Knechtschaft tragen, seine Wogen hinabwälzt!

Unglückliche Indianer, die ich mit der Asche eurer Väter durch die Wildnisse der neuen Welt wandern sah, und die ihr mir, trotz eures Elends, gastfreundliche Aufnahme gewährtet, ich könnte sie euch jetzt nicht vergelten! Denn wie ihr irre ich, von Fremdlingen abhängig, umher, und bin unglücklicher in meiner Verbannung, als ihr; denn ich war genöthigt, selbst die Gebeine meiner Väter zurückzulassen.

René

Als René bei den Natsches ankam, war er genöthigt worden, ein Weib zu nehmen, um sich dem indianischen Brauch und Herkommen zu fügen; er lebte jedoch nicht mit ihr. Sein Hang zur Schwermuth zog ihn in die Wälder: dort brachte er Tage und Wochen einsam zu, und glich einem Wilden unter den Wilden. Außer Schakta, seinem Adoptivvater, und dem Pater Souël, dem Missionsprediger des Forts Rosalie, pflog er fast gar keinen Verkehr mit den Menschen. Diese beiden Greise hatten großen Einfluß auf sein Herz gewonnen; der Erstere durch eine liebevolle Nachsicht, der Andere hingegen durch eine außerordentliche Strenge gegen ihn. Schon seit der Biberjagd, wo der blinde Saschem dem jungen René seine Geschichte erzählte, war dieser nie dazu zu bringen gewesen, auch die seinige einmal zu erzählen. Und doch war sowohl Schakta, als der Missionsgeistliche im höchsten Grade begierig, von ihm zu erfahren, durch was für ein Unglück ein Europäer von vornehmer Abkunft auf den Gedanken gekommen sein mochte, sich so in den Wildnissen von Louisiana zu begraben. René gab als Grund seiner Weigerung nur Eines an, nämlich, daß sich seine Geschichte blos auf die seiner Gedanken und Empfindungen bezöge, und daher zu wenig Interessantes für andere Menschen habe. – Was hingegen das Ereigniß selbst anbelangt, das mich nach Amerika getrieben hat, sagte er einmal zu seinen Freunden, so ist es am besten, es bleibt mit ewiger Nacht bedeckt. – So gingen einige Jahre hin, ohne daß die beiden Greise im Stande gewesen wären, hinter sein Geheimniß zu kommen. Ein Brief, welchen er durch das Bureau der fremden Missionen aus Europa erhielt, vermehrte plötzlich seine Traurigkeit in einem solchen Grade, daß er sogar seine zwei einzigen Freunde floh. Um so eifriger setzten sie ihm zu, doch endlich einmal offener gegen sie zu sein. Sie benahmen sich dabei mit solcher Schonung, Sanftmuth und würdigen Ruhe und Freundschaft, daß er ihnen endlich nachgeben zu müssen glaubte. Er setzte also einen Tag fest, an dem er ihnen – nicht die wundersamen Abenteuer seines Lebens, denn deren gab es in seiner einfachen Geschichte keine, sondern die geheimen Erlebnisse seines Herzens zu erzählen versprach.

Am 21. des Monats, welchen die Wilden den Blumenmond nennen, begab sich René in Schaktas Wohngezelt. Er gab dem Saschem den Arm und führte ihn unter einen Sassafrasbaum am Strand des Meschacebe, wo gleich darauf auch der Pater Souël sich einfand. Die Morgenröthe war gerade angebrochen; in einiger Ferne erblickte man in der Ebene das Lager der Natsches mit seinem Wäldchen von Maulbeerbäumen und seinen wie Bienenkörbe gestalteten Hütten. Zur Rechten davon, gerade am Flußgestade, erhob sich das Fort Rosalie mit der französischen Kolonie. Zelte, halbfertige Häuser, angefangene Festungswerke, Neubrüche, mit Negern bedeckt, einzelne Gruppen von Europäern und Indianern, gaben in diesem engen Raum ein Bild von dem eigenthümlichen Kontrast zwischen dem europäischen Leben und dem des Urwalds. Gegen Morgen, im Hintergrund der Landschaft, stieg die Sonne zwischen den zackigen Gipfeln der Apalachen herauf, deren tiefes Blau sich in wunderbar klaren und scharfen Linien vom Gold des Himmels abhob; gegen Westen wälzte der Meschacebe seine Fluten in majestätischer Ruhe dahin und bildete den Rahmen des unermeßlichen Gemäldes.

Der Jüngling und der greise Missionsgeistliche bewunderten eine Zeitlang dieses schöne Schauspiel, und beklagten den Saschem, dem dieser hohe Genuß versagt war; dann setzten sich der Pater Souël und Schakta auf dem Rasen am Fuß des Baumes nieder; René nahm zwischen Beiden Platz und sprach, nach kurzem Stillschweigen, zu seinen Freunden:

Ich kann mich beim Beginne meiner Erzählung einer Anwandlung von Scham nicht erwehren. Der Frieden eurer Herzen, ihr ehrwürdigen Greise, und die Ruhe der Natur um mich her machen, daß ich erröthe ob dieses ewigen Sturms und dieser ewigen Unruhe meines Herzens.

Wie erbärmlich muß ich euch nicht erscheinen! Wie kleinlich müssen euch nicht meine ewigen Beängstigungen dünken! Was werdet ihr, die ihr den Kelch des Unglücks bis auf die Hefe getrunken habt, von einem jungen Mann ohne höhere sittliche Kraft denken, der die höchste Qual nur in seinem eigenen Herzen trägt, und der sich im Grunde über gar kein anderes

Uebel beklagen kann, als was er sich selber zugefügt hat? Ach, verurtheilt ihn nicht, er ist nur allzuschwer schon dafür gestraft worden!

Schon meine Geburt kostete meiner armen Mutter das Leben; mit Hülfe des blanken Stahls zog man mich aus dem Schooß der Sterbenden heraus. Ich hatte einen Bruder, welchen mein Vater segnete, weil er sein erstgeborner Sohn war. Mich dagegen übergab er sehr bald fremden Händen, und ließ mich fern von meinem Elternhaus erziehen.

Ich war von heftiger Gemüthsart, und jeden Augenblick wechselte meine Stimmung. Bald flog ich, ein fröhlich lärmender Knabe, durch Wald und Feld, bald war ich wieder still und schwermüthig; bald versammelte ich meine jungen Spielkameraden um mich her, und bald verließ ich sie plötzlich wieder, um mich an irgend ein einsames Plätzchen hinzubegeben, und eine flüchtige Wolke zu betrachten, oder auf das Rauschen des Regens zu horchen, wie er im Gezweig der Bäume von Blatt zu Blatt herniederrieselte.

Jeden Herbst kehrte ich auf unser Schloß zurück, welches so zu sagen im Herzen ungeheurer Forsten, in einem fernen Theil des Landes, nahe an einem See lag.

Schüchtern und befangen in Gegenwart meines Vaters, gewann ich Muth und heitern Frohsinn nur bei meiner geliebten Schwester Amalie, die nur um ein paar Jahre älter war als ich. Eine süße Harmonie der Gemüthsart und der Neigungen fesselte uns auf das Innigste an einander. Unsere Hauptlust war, selbander das nahe Gebirge zu durchstreifen, zur Herbstzeit durch Wald und Feld zu schweifen, und auf dem See herumzurudern: – gemeinsame Wanderungen, an die ich noch jetzt oft mit Entzücken denken muß. O Zauber, o freundliche Erinnerungen der Kindheit und der Heimat! Euer Bild umschwebt doch den Jüngling wie den Greis mit seiner sanftbeschwichtigenden und beseligenden Macht!

Bald wandelten wir stumm, und ohne ein Wort zu reden, neben einander her, und liehen unser Ohr dem Säuseln des Herbstwinds und dem melancholischen Rauschen des feuchten, rothen Laubes zu unsern Füßen; bald liefen wir bei unsern unschuldigen Spielen der Schwalbe auf dem Anger nach und suchten den farbigen Regenbogen auf den Hügeln zu haschen; bisweilen recitirten wir auch still für uns hin Gedichte, die der Anblick der Natur uns eingab. In meinen Jünglingsjahren opferte ich nämlich den Musen; nichts ist poetischer, als ein Herz von sechszehn Jahren in frischem Frühlingswehn seiner Leidenschaften; der Morgen des Lebens ist, wie der des Tages, lieblich hell und rein, und dabei voll Reichthum an Bildern und seligen Harmonien.

An Sonn- und Festtagen vernahm ich oft im dichten Forst zwischen den Bäumen das Läuten der fernen Glocke, welche den Landmann zur heiligen Messe rief. An den Stamm einer Ulme gelehnt, lauschte ich still den frommen Klängen. Jeder leise Ton goß in meine unverdorbene Seele die Unschuld und fromme Einfalt des Landlebens, die Ruhe und den tiefen Frieden der Einsamkeit, den Zauber des religiösen Gefühls und die schwermüthigsüßen Erinnerungen der ersten Kindheit. Ach, wo wäre denn ein Herz so arg verwahrlost, daß es nicht sanft erbebte bei dem Klang der Heimatglocken, – jener Glocken, die mit frohen Feierklängen seine Ankunft auf dieser Welt begrüßten, die den ersten Pulsschlag seines Kinderherzens bezeichneten und der ganzen Nachbarschaft die heilige Freude seines Vaters, so wie die Schmerzen und noch unbeschreiblicheren Freuden seiner Mutter verkündeten? Unsere schönsten und besten Gefühle klingen an in den seligen Träumereien, in die uns das Glockengeläute der Heimat einwiegt: – Religion, Vaterland, Familie, Wiege und Grab, Vergangenheit und Zukunft.

Meine Schwester und ich schwelgten indessen auch mehr als irgend Jemand im Genusse dieser ernsten und zärtlichen Gefühle; im tiefen Grund unserer Herzen lag ein Hang zu Traurigkeit, den wir von Gott selbst oder von unserer Mutter empfangen haben mußten.

Inzwischen verfiel mein Vater plötzlich in eine Krankheit, die ihn in wenigen Tagen unter die Erde brachte. Er starb in meinen Armen, und ich lernte den Tod auf den Lippen Desjenigen kennen, der mir das Leben gegeben. Dieser Eindruck war groß, und ich habe ihn jetzt noch nicht verwunden. Zum erstenmal trat mir die Unsterblichkeit der Seele recht klar und deutlich vor Augen; ich konnte nicht glauben, daß dieser leblose Körper, der da vor mir lag, der Urheber all meines Denkens und Fühlens sei; ich fühlte, daß diese Kraft aus einer andern Quelle fließen mußte, und eine heilige Wehmuth, die fast an Freude gränzte, ließ mich die einstige Wiedervereinigung mit dem Geiste meines Vaters hoffen.

Noch ein anderes Phänomen bestärkte mich in diesem erhebenden Gedanken. Die Gesichtszüge meines verstorbenen Vaters hatten sich im Sarge so zu sagen verklärt. Warum sollte dieses wunderbare Phänomen nicht ein Zeichen unserer Unsterblichkeit sein? Warum sollte der Tod, der doch so furchtbar gewaltig ist und der so Vieles weiß, was wir nicht wissen, der Stirne seines Opfers nicht die Geheimnisse einer anderen Welt aufgedrückt haben? Warum sollte das Grab nicht einen weiten Blick in die Ewigkeit hinein gewähren?

Amalie hatte sich, von Schmerz zu Boden gedrückt, in einen Thurm zurückgezogen, von wo sie den Gesang der Priester beim Leichenzug und den Wiederhall der Todtenglocke unter den Gewölben des gothischen Schlosses vernahm.

Ich gab meinem Vater unter kindlichen Thränen das Geleite zu seiner letzten Ruhestatt. Ueber seiner Asche schloß sich die Erde; die Vergessenheit und die Ewigkeit lagen mit ihrem ganzen Gewichte auf ihm; schon am nämlichen Abende schritt der Geist der Gleichgiltigkeit kalt hinweg über sein Grab, und für die Andern, außer mir und seiner Tochter, war es in wenigen Tagen so, als hätte er gar nie gelebt.

Ich mußte das Vaterhaus verlassen, welches meinem Bruder als Erbtheil zufiel; ich selbst zog mit Amalien zu älteren Verwandten hin.

Beim ersten Schritt auf des Lebens trügerischen Irrpfaden schon strauchelnd, warf ich einen prüfenden Blick in die Welt hinein, ohne es zu wagen, einen weitern Schritt zu thun. Amalie schilderte mir oft das Glück und den heiligen Frieden der Klosterzelle: sie sagte mir, ich wäre das einzige Band, das sie noch in der Welt zurückhielte; und dabei heftete sie ihre Blicke voll Trauer auf mich.

Diese frommen Unterredungen machten einen tiefen Eindruck auf mein Herz; oft lenkte ich meine Schritte einem Kloster zu in der Nachbarschaft meines neuen Aufenthalts, und war sogar einen Augenblick versucht, auch mein Leben darin zu begraben. O glücklich Diejenigen, denen es beschieden war, die Fahrt durchs Leben zurückzulegen, ohne daß sie den Hafen verließen, und die nicht, wie ich, in Sturm und Nebel öde, für mich selbst und für Andere unfruchtbare Tage hinschleppten!

Die in einer ewigen Unruhe lebenden Europäer sind genöthigt, sich eigene Einsiedeleien zu errichten. Je stürmischer und heftiger der Pulsschlag unseres Herzens ist, desto mehr sehnt es sich nach Ruhe und Frieden. Die Klöster meines Landes, die den Schwachen und Elenden Schirm und Zuflucht bieten, liegen sehr oft in Thälern versteckt, welche dem Herzen das dunkle Gefühl des Unglücks und die Aussicht auf eine Freistatt einflößen; bisweilen erblickt man sie auch auf freien Anhöhen, wo das fromme Gemüth sich gleichsam zum Himmel emporschwingt, wie die Gebirgspflanze ihm ihre Blüthengerüche zusendet.

Noch jetzt sehe ich die herrlichen Gewässer und Waldungen, die jene altehrwürdige Abtei ringsum umgaben, in der ich mein Leben gegen die Launen des Schicksals zu sichern gedachte; noch jetzt irre ich im Geist Abends im Hof und in den hallenden Gängen des einsamen Klosters auf und ab. Wenn dann der Mond die hohen Bogenpfeiler halb beleuchtete und ihr dunkles Bild auf die gegenüberliegenden Mauerflächen hinwarf, dann blieb ich stehn, um das Kreuz, das die Gefilde des Todes bezeichnete, und das hohe Gras zu betrachten, das zwischen den Grabsteinen hervorwuchs. O Menschen, die ihr fern von dem lärmenden Gewühl der Welt eure Tage im heiligen Frieden dieser Mauern begrubt, und die ihr von der schweigenden Ruhe des Lebens zum ewigen Schweigen des Todes übergingt, wie kam mir der Glanz und das Glück der Erde so hohl und schaal und öde vor, indem ich an euern Gräbern stand!

War es nun natürliche Unbeständigkeit oder nur Vorurtheil gegen das Klosterleben, genug, ich änderte plötzlich wieder mein Vorhaben, und entschloß mich, zu reisen. Ich sagte meiner Schwester Lebewohl; sie drückte mich mit einer Bewegung an ihr Herz, die beinahe der Freude glich; es war als fühlte sie sich glücklich, mich los zu werden; ich konnte mich eines schmerzlichen Gedankens an den oft erfahrnen Wankelmuth menschlicher Neigungen und Freundschaften bei dieser Wahrnehmung nicht erwehren.

Indessen, voll jungen Lebensmuths und voll Feuer, wie ich war, stürzte ich mich kühn in das stürmische Weltmeer hinaus, dessen Häfen, wie dessen Untiefen und Felsenrisse mir gleich unbekannt waren. Zuerst besuchte ich, ein einsamer Pilger, jene Länder und Völker, von deren Größe nichts mehr da ist, als ein paar öde Ruinen und die Geschichte. – Ich ließ mich auf den Trümmern Roms und Griechenlands nieder, jener Länder, die uns so gewaltige Erinnerungen in unserer Seele wachrufen; wo die Paläste im Staube liegen, und die Grabmäler der Könige mit Disteln überdeckt sind. O Riesenkraft der Natur, und Schwäche des Menschen!

Oft dringt ein Grashalm durch den härtesten Marmor dieser Gräber, welchen all diese vormals so mächtigen Todten nicht mehr wegrücken werden.

Bisweilen erblickte ich mitten im Sand der Wüste eine aufrechtstehende Säule: wie sich nicht selten in einem Gemüthe, das Zeit und Unglück zerstörten, noch ein großer Gedanke erhebt!

Bei all meinem Thun und Treiben und zu jeder Tageszeit beschäftigten mich jene Denkmäler der Vorzeit. Bald ging das nämliche goldene Gestirn, welches den Gründungstag dieser Städte gesehn, voll Majestät vor meinen Augen unter, und bestrahlte mit seinem letzten Purpurglanz deren spärliche Reste; bald beleuchtete der dämmernde Mond, zwischen zwei halbzerbrochenen Urnen, bleiche Gräber. Oft glaubte ich, bei den Strahlen dieses den Traumbildern holden Gestirnes, den Genius der Erinnerungen zu erblicken, wie er in tiefen Gedanken neben mir auf einem Grabe der Vorwelt saß.

Doch ich ward es müde, in Nichts als Gräbern zu wühlen, wo ich nur zu oft den Staub eines Verbrechers aufrührte. Ich war neugierig, zu erfahren, ob bei den lebenden Völkern mehr Tugenden und weniger Unglück zu finden seien, als bei denen, die nicht mehr vorhanden sind. Als ich so eines Tages in einer großen Stadt, hinter einem Palaste, in einen abgelegenen einsamen Hof trat, nahm ich eine Statue wahr, welche mit dem Finger nach einer durch ein blutiges Opfer geschichtlich berühmt gewordenen Stelle wies[2].

Ich war von der Todteneinsamkeit und Ruhe dieses Orts überrascht; nur der Wind umseufzte den tragischen Marmor. Arbeiter lungerten gleichgiltig an dem Fuß der Statue herum, und ein paar Steinhauer trieben pfeifend ihr Geschäft. Auf meine Frage nach der Bedeutung dieses Denkmals konnten mir es die Einen kaum sagen, die Andern wußten nicht einmal das Geringste von der schrecklichen Katastrophe, an die es erinnerte. Nichts gab mir einen richtigeren Maßstab für die Weltereignisse und für unsern eigenen geringen Werth. Was ist aus den berühmten Männern geworden, welche im Leben die Blicke einer ganzen Welt auf sich zogen? Die Zeit hat einen Schritt vorwärts gethan, und die Gestalt der Erde ist schon wieder eine andere geworden.

Ich suchte auf meinen Reisen vorzüglich die Künstler und jene göttlichen Männer auf, die auf der Leier das Göttliche und das Glück solcher Völker besingen, bei denen die Gesetze, die Heiligthümer der Religion und die Gräber geehrt sind. Diese Sänger sind göttlicher Abkunft; sie besitzen die einzige unbestreitbare Gabe, womit der Ewige unsere Erde beschenkt hat. Ihr Leben ist voll Einfalt und sittlicher Größe; mit goldnem Mund preisen sie die Götter, und sind dabei die einfachsten der Menschen; sie unterhalten sich mit einander, bald wie die Unsterblichen, bald wie Kinder, so fromm und unschuldsvoll; sie erklären die Gesetze des Weltalls, und begreifen oft die alltäglichsten Geschäfte des Lebens nicht; sie haben bewunderungswürdige Begriffe vom Tode, und sterben wie Neugeborene, ohne es zu merken.

Auf den Gebirgen Caledoniens sang mir der letzte Barde dieser Einöden die Lieder vor, mit denen einst ein Held sein einsames Greisenalter erheiterte. Wir saßen auf vier moosigen Steinen; ein Waldstrom rauschte zu unsern Füßen; einige Schritte von uns weidete ein Reh zwischen den Trümmern eines Thurmes, und der Seewind pfiff hin durch die grauen Haiden von Cona. Jetzt hat die christliche Religion, die auch eine Tochter der Gebirge ist, Kreuze auf die Denkmale der Helden von Morven gepflanzt, und läßt die Saiten Davids erklingen am Gestade des nämlichen Stroms, wo in den Tagen der Vorzeit die Lieder Ossians erklangen. So fromm und friedlich, als Selmas Gottheiten kriegerisch waren, hütet sie die Heerden, wo Fingal Schlachten schlug, und hat jene Gewölke, die blos von schrecklichen Phantomen des Grabes bewohnt waren, mit Friedensengeln bevölkert.

Der klassische Boden der schönen italischen Halbinsel schloß mir den ganzen Reichthum seiner unsterblichen Meisterwerke auf. Mit welchem heiligen und echt poetischen Schauer wandelte ich nicht in jenen herrlichen Gebäuden umher, in denen die himmlische Kunst des Richtscheits, des Meißels und des Pinsels den religiösen Glauben verherrlicht hat! Welches Labyrinth von Säulengängen! Welche prächtige Reihenfolge von Bögen und Gewölben! Wie wunderbar ist das Rauschen der Lüfte, welches man ringsumher zu hören glaubt, wenn man das gewölbte Dach eines dieser Dome und Thürme ersteigt! Bald gleicht es dem Brausen der Meeresflut, bald dem Geflüster der Winde im Walde, bald der Stimme Gottes in seinem Tempel. Der Baumeister verkörpert gleichsam die Gedanken des Dichters, und macht sie anschaulich fürs Auge.

Indessen, was hatte ich bisher mit all meiner Mühe gewonnen? Nichts Sicheres und Gewisses bei den Alten, nichts Schönes bei den Neuern. Die Vergangenheit und die Gegenwart sind zwei unvollendete Bildsäulen; die eine ist, in einzelne Stücke zerschlagen, aus den Trümmern der Vorwelt hervorgegangen, die andere hat noch nicht ihre letzte Vollendung von der Zukunft erhalten.

Ihr macht euch nun gewiß so eure eignen Gedanken darüber, meine greisen Freunde, und gerade ihr mehr als Andere, da ihr so in der weiten Wildniß wohnt, daß ich in der Geschichte meiner Reisen noch nicht ein einziges Mal von den Denkmälern der Natur gesprochen habe?

Einst hatte ich den Gipfel des Aetna erstiegen, eines feuerspeienden Berges, der gerade im Herzen einer Insel glüht. Ich sah in dem unermeßlichen Gesichtskreis die Sonne unter mir emporsteigen, sah Sicilien zusammengedrängt wie einen Punkt zu meinen Füßen, und darumher in weiter, weiter Ferne das ewige Meer. In dieser Vogelperspektive erschienen mir die Flüsse höchstens wie geographische Linien auf der Landkarte; während jedoch mein Blick auf der einen Seite diese Gegenstände betrachtete, fiel er auf der andern in den Schlund des Aetna hinab, dessen hellrothe Lava ich zwischen schwarzen Dampfwolken glühen sah.

Ein von Leidenschaften beherrschter Jüngling, welcher am Krater eines Vulkanes sitzt und die Men schen beklagt, deren Wohnungen er in weiter, dem Auge kaum mehr sichtbarer Ferne unter seinen Füßen erblickt, kann nur ein erbarmenswerther Gegenstand für euch, ihr edeln Greise, sein; was ihr indeß auch von René denken mögt, diese Schilderung ist ein treues Bild seines Charakters und seines Daseins; gerade so hatte ich während meines ganzen Lebens eine unermeßliche Schöpfung, die ich kaum wahrnahm, vor meinen Augen, und einen offenen Abgrund neben mir.

Bei diesen Worten schwieg René plötzlich still und saß einen Augenblick in tiefen Gedanken da. Der Pater Souël betrachtete ihn voll Erstaunen, und der blinde Saschem, der den jungen Mann nicht mehr reden hörte, wußte nicht recht, was er von diesem Stillschweigen denken sollte. Da hefteten sich Renés Blicke plötzlich auf einen Trupp Indianer, welche fröhlich durch die Ebene zogen. Mit Einemmale bemerkte man einen Zug tiefer Rührung in seinen Zügen, helle Thränen traten ihm ins Auge, und er rief aus: Ihr glücklichen Kinder der Wildniß! Warum flieht mich der holde Frieden, den ihr genießt, und den ihr gleich einem Wiegengeschenke schon von Kindheit an besitzt? Während ich Elender, mit so wenig wirklichem Vortheil davon, die Welt durchzog, saßt ihr ruhig unter euern Eichen, und ließt die Tage sanft und still an euch vorübergleiten, ohne sie zu zählen. Auf eure einfachen Bedürfnisse beschränkte sich eure Vernunft, und ihr gelangtet sicherer als ich ans Ziel der Weisheit, ähnlich wie Kinder zwischen Spielen und Schlafen. – Wenn jene Schwermuth, die dem Uebermaß des Glücks entspringt, sich dann und wann eures Gemüthes bemächtigte, so machtet ihr euch bald von dieser vorübergehenden Traurigkeit los, und euer voll kindlicher Zuversicht zum Blau des Aethers emporschauender Blick suchte voll Sehnsucht nach dem großen Geist, welcher da Erbarmen hat mit dem armen Wilden.

Hier erlosch Renés Stimme aufs neue, und das Haupt sank ihm auf die Brust herab. Schakta streckte seinen Arm in die Nacht hinein, ergriff den Arm Renés, und rief ihm in zärtlichem Tone zu: O, mein Sohn, mein lieber Sohn! Bei dieser Anrede kam René wieder zu sich; er schämte sich seines zerstreuten Wesens und bat seinen Vater freundlich um Verzeihung.

Darauf nahm der Greis das Wort: Mein junger Freund! Die Stimmungen eines Herzens, wie das deinige, wechseln und schwanken hin und her wie Wogen; mäßige nur die Heftigkeit deiner Gefühle, die dich schon so unglücklich gemacht hat. Wenn dich deine Erlebnisse schmerzlicher berühren, als manchen Andern, so mußt du nicht darüber erstaunen; eine große Seele muß mehr und größere Schmerzen leiden, als eine kleine. Fahre in deiner Erzählung fort. Du hast uns im Geiste durch einen Theil von Europa geführt, erzähle uns jetzt von deinem schönen Vaterlande. Du weißt, daß ich selbst in Frankreich gewesen bin, und weißt, mit welchen zarten und heiligen Banden meine Seele an diesem schönen Lande der Erde hängt; ich möchte dich wieder von jenem mächtigen Häuptling[3] reden hören, der jetzt längst nicht mehr ist, und dessen prächtiges Wohngezelt ich einstens besucht habe. – Mein Sohn! Ich lebe nur noch im Andenken der vorigen Tage: – ein Greis mit seinen Erinnerungen gleicht der abgestorbenen Eiche unsrer Wälder, die nicht mehr im eigenen Blätterschmuck prangt, sondern ihre Blöße nur dann und wann mit den fremden Pflanzen bedeckt, die sich allmählich an ihre Aeste angerankt haben.

Amaliens Bruder, beschwichtigt durch diesen freundlichen Zuspruch Schaktas, fuhr in der Geschichte seines Herzens fort, wie folgt:

Ach, mein Vater! Ich kann dir nichts von jenem großen Jahrhundert erzählen, dessen Ende ich nur in meiner Kindheit sah, und das bei meiner Rückkehr ins Vaterland nicht mehr *war*. Nie hat ein Volk eine erstaunenswürdigere und schnellere Umwandlung erlebt, als das französische. Von der höchsten Stufe des Genius war es zu der Gemeinheit, von der Frömmigkeit zur Gottlosigkeit, von strenger Sittlichkeit zur Schlechtigkeit herabgesunken.

Ach, ein thörichter Wahn waren meine Hoffnungen gewesen, im Thal der Heimat jene Ruhe und jenen Frieden wiederzufinden, den ich mit schmerzlicher Sehnsucht überall und überall suchte. Das Studium der Welt hatte mich nichts gelehrt, und doch genoß ich die Wohlthat der Glücklichen nicht mehr, noch nichts davon zu wissen.

Meine Schwester schien, durch eine mir unerklärliche Art, wie sie sich gegen mich benahm, einen Gefallen daran zu finden, meinen Unmuth nur noch zu vermehren; sie hatte Paris einige Tage vor meiner Ankunft verlassen. Ich schrieb ihr, daß ich mich unendlich freue, sie wiederzusehen; sie beeilte sich mir zu antworten, und suchte mich sichtbar von dem Plan eines persönlichen Besuches bei ihr zurückzubringen, indem sie vorgab, sie sei noch ungewiß darüber, wohin sie ihre Geschäfte fürs Erste rufen würden – Welche traurigen Betrachtungen stellte ich damals über die Freundschaft an, die durch die Gegenwart erkaltet und durch die Trennung erlischt; welche im Unglück nicht, und noch weniger im Glück sich standhaft zeigt! –

Bald fühlte ich mich einsamer und weltverlassener in meiner Heimat, als ich es auf fremdem Boden gewesen war. Ich wollte mich einmal auf eine Zeitlang in den Strom einer Welt stürzen, die mir nichts sagte und die mich nicht verstand. Meine noch durch keine Leidenschaft abgestumpfte Seele suchte einen Gegenstand, an den sie sich anschmiegen könnte; allein ich merkte bald, daß ich mehr gab als empfing. Man verlangte von mir weder eine erhabenere Sprache, noch irgend ein tieferes Gefühl; ich mußte im Gegentheil meine Lebensansichten da und dort herabstimmen, um sie nur den Begriffen der Gesellschaft anzubequemen; und dennoch behandelte man mich überall nur als einen romanhaften Sonderling. Ich schämte mich der Rolle, die ich spielte, wurde der Menschen und Dinge um mich her von Tag zu Tag überdrüssiger, und faßte endlich den Entschluß, mich in eine abgelegene Vorstadt zurückzuziehen, und dort in völliger Abgeschiedenheit zu leben. Nicht einmal meinen Namen theilte ich Jemandem ohne Noth mit.

Anfangs fand ich ziemliches Vergnügen an diesem dunkeln und unabhängigen Leben. Ein von Niemandem beachteter Fremdling, mischte ich mich unter die Menge, diese große Menschenwüste!

Oft saß ich in einer wenig besuchten Kirche, und überließ mich Stundenlang meinen Betrachtungen. Ich sah arme Frauen vor dem Allerheiligsten im Staube liegen, und Sünder vor dem Beichtstuhl knien. Ach, fast Jeder von diesen verließ heiterer, als er gekommen, die heilige Freistatt, und das dumpfe Getöse, das man von außenher vernahm, glich dem Gewoge der Leidenschaften, glich so zu sagen den Stürmen der Welt, die sich an der Schwelle des Tempels brachen und erstarben. Großer Gott, der du an diesen heiligen Zufluchtsorten des Schmerzes meine heimlichen Thränen fließen sahst, du weißt es, wie oft ich mich zu deinen Füßen niederwarf und dich anflehte, mich von der Last meines Daseins zu befreien, oder einen andern Menschen aus mir zu machen! Ach, wer hat nicht von Zeit zu Zeit das Bedürfniß empfunden, noch einmal neu geboren zu werden, sich noch einmal zu verjüngen in der Flut des Stromes und seine Seele von neuem in den Quell des Lebens zu tauchen? Wer hat sich nicht dann und wann von der Last seines ihm angebornen Hanges zum Bösen zu Boden gedrückt und unfähig gefühlt, etwas Großes, etwas Edles und Gerechtes zu vollbringen?

Wenn ich mich Abends wieder in meine Einsamkeit zurückzog, verweilte ich in der Regel einen Augenblick auf den Brücken, um in dem Anblick des Sonnenuntergangs zu schwelgen. Das Gestirn des Tages, die Dünste der ungeheuern Stadt beleuchtend, schien sich in einem Meer von flüssigem Gold langsam zu bewegen, wie der Zeiger an der Uhr der Zeiten. Gegen Einbruch der Nacht begab ich mich durch ein Labyrinth von einsamen Gassen nach Haus. Bei dem Anblick der Lichter, die in den Wohnungen der Menschen erglänzten, versetzte ich mich in Gedanken in die Welt von Schmerzen und Freuden hinein, die sie beleuchteten; ach, und ich fühlte, daß ich unter den Dächern so vieler Menschenwohnungen nicht einen einzigen Freund besaß! Während ich mich solchen Betrachtungen überließ, schlug es am gotischen Thurm der Kathedralkirche mit langsam abgemessenen Schlägen die Stunde, die dann in mannigfaltigen Tönen von Kirchthurm zu Kirchthurm weiter, und dann beständig ferner und ferner erklang. Ach, jede Stunde erschließt ein neues Grab, jede macht neue Thränen fließen! –

Diese Lebensart, die mich Anfangs entzückte, war mir sehr bald zuwider. Die ewige Wiederholung der nämlichen Scenen, Gedanken und Gefühle ermüdete mich. Ich fing an, mein Herz und seine Wünsche zu erforschen; ich wußte selbst nicht recht, was ich wollte, allein ich glaubte plötzlich, die Wälder müßten ein köstlicher Aufenthalt für mich sein. Schnell war mein Entschluß gefaßt, meine kaum betretene Lebensbahn, die mir schon länger als ein ganzes Jahrhundert gewährt zu haben schien, in ländlicher Einsamkeit zu beschließen. Ich verfolgte diesen Plan mit dem nämlichen Feuer, mit dem ich all meine Vorsätze betreibe. Ich reiste mit der nämlichen Eile ab, um mich im Wald in einer einsamen Eremitage zu begraben, mit der ich mich vordem auf meine Weltfahrt begeben.

Man wirft mir Unbeständigkeit in meinen Neigungen vor; man beschuldigt mich, ich sei außer Stande, längere Zeit bei einem und demselben Bilde oder Gedanken zu verweilen; ich sei der Sklave meiner erhitzten Phantasie, welche jedes Vergnügen so schnell als möglich zu erschöpfen suche, als werde sie durch seine Dauer belästigt; ich schweife stets über das Ziel hinaus, das ich zu erreichen vermöchte. – Ach, ich suche ja nur ein Glück, das ich noch nicht kenne, und zu dem der Instinkt mich hinzieht. Ist es denn meine eigene Schuld, wenn ich überall und überall wieder die Gränzen wahrnehme, die dem Menschen gesetzt sind, und daß das Endliche keinen Werth in meinen Augen hat?

Meine gänzliche Abgeschiedenheit und der ununterbrochene Anblick der Natur versetzten mich zuletzt in einen Zustand, den ich unmöglich beschreiben kann. Ohne Eltern, ohne Freunde, so zu sagen einsam auf der Erde, und mit dem schmerzlichsten Stachel im Herzen, daß ich doch von Niemandem auf der Welt jemals so recht von ganzer Seele geliebt worden war, drückte mich ein Uebermaß von Lebenskraft zu Boden. Bisweilen erröthete ich plötzlich, und fühlte in meinen Adern Ströme glühender Lava; hin und wieder stieß ich einen unwillkürlichen Schrei aus, und schwere Träume und Schlaflosigkeit ängstigten mich in der Nacht. Es fehlte mir etwas, um damit den gähnenden Abgrund meines Daseins auszufüllen; ich stieg in die Thäler hinab, ich erklomm die Firnen der Gebirge, und rief mit der ganzen Kraft meiner Sehn sucht das Ideal meines Herzens herbei; ich umarmte es in den Lüften, ich glaubte seine Stimme im Rauschen der Flut zu hören; all mein Schauen und Denken bezog sich auf dieses Traumbild meiner Phantasie. Selbst die Sterne des Himmels und den ewigen Urquell des Lebens im Weltall dachte ich mir im Zusammenhange damit.

Und doch war dieser Zustand von Ruhe und Unruhe, von Armuth und Reichthum nicht ohne seine Annehmlichkeiten: so spielte ich einmal damit, daß ich einen Weidenast ablaubte, indem ich ihn ins Wasser eines Waldbachs hinaushielt. An jedes einzelne Blatt, welches die Welle dahintrug, knüpfte ich einen Gedanken, und kein König, der durch eine plötzliche Revolution seine Krone zu verlieren fürchtet, kann mehr Angst empfinden, als ich bei jedem Zufall litt, der die Kinder meines Zweiges bedrohte. O Schwäche der Sterblichen! O Kindheit des menschlichen Herzens, das nie alt wird! Zu solchen Kinderspielen läßt sich unsere stolze Vernunft herab! Auch ist es ja nur zu wahr, daß die Menschen ihr Schicksal gar oft an Dinge knüpfen, die noch geringer und werthloser sind, als meine den Bach hinunterschwimmenden Weidenblättchen.

Wie soll ich all die flüchtigen Eindrücke beschreiben, die ich auf meinen Wanderungen empfand? Die Töne, welche die Leidenschaft aus der Oede eines einsamen Herzens hervorruft, gleichen dem Rauschen des Windes und der Flut im tiefen Schweigen der Wildniß; man ergötzt sich daran, schildern kann man es nicht.

Unter diesen schwankenden Gefühlen überraschte mich der Herbst; mit Entzücken begrüßte ich die Zeit der Stürme. Bald wünschte ich einer jener Krieger zu sein, die durch Wind und Wolken und graue Nebelgebilde dahinstürmen; bald beneidete ich das Loos des armen Schafhirten, der sich am spärlichen Feuer von Buschwerk in einem Winkel des Waldes die Hände wärmte. Ich horchte seinen melancholischen Liedern, die mich erinnerten, daß der Grundton des Volkslieds überall ein trauriger ist; selbst wenn darin von Lust und Glück die Rede ist. Unsere Seele ist leider ein unvollständiges Instrument; sie ist eine Leier, welcher einige Saiten fehlen, und auf der wir die Freude ir. Tönen auszudrücken gezwungen sind, die eigentlich dem Schmerz angehören.

Am Tage trieb ich mich in den weiten, vom Walde begrenzten Haiden umher. Wie wenig bedurfte ich für meine Träumereien! Ein welkes Blatt, das der Wind vor mir hertrug, ein einsames Waldhaus, aus welchem der Rauch zu den bereits kahl gewordenen Wipfeln der Bäume emporstieg, das Moos, das beim Wehn des Nords am Stamm der Eiche zitterte; ein abgelegener Fels, ein einsamer Weiher, in dem das schwanke Schilfrohr flüsterte! Auch der einzelne Kirchthurm, der sich aus dem fernen Thal erhob, zog meine Blicke an; oft folgte ich mit den Augen dem Fluge der Zugvögel über meinem Haupt. Ich dachte mir die unbekannten Gestade, die fernen Länder, wohin sie ziehen, und wünschte sie auf ihrem Zuge durchs Weltmeer begleiten zu können. Ein geheimer Instinkt quälte mich; ich fühlte, daß ich selbst nichts weiter war als ein Reisender; doch eine Stimme vom Himmel schien mir zuzurufen: Sterblicher! Die Zeit deiner Wanderung ist noch nicht gekommen; warte, bis der Wind der Wüste sich erhebt, dann wirst auch du deinen Flug nach jenen Zonen nehmen, nach welchen sich deine Seele sehnt.

Erhebt euch bald, erwünschte Stürme, um René recht bald ins bessere Leben hinüberzutragen! So sprach ich, und eilte mit großen Schritten vorwärts; mein Antlitz glühte, der Wind schlug mir die Locken ins Angesicht, ich fühlte weder Regen noch Frost; ich war entzückt, geängstigt, und doch wieder von dem Traumbild meines Herzens wie von einem Quälgeiste verfolgt.

Nachts, wenn die Windsbraut meine Eremitage umtobte, wenn der Regen in Strömen auf mein Dach niedergoß, wenn ich durch mein Fenster den Mond erblickte, wie er, gleich einem blaßgoldnen Kahn, der durch die Flut dahinstreicht, sanft durch die wandern den Wolken glitt; dann war es mir, als verdoppelte sich die Lebenskraft im Innersten meines Herzens, dann fühlte ich in mir eine Macht, als ob ich im Stande wäre, eine neue Welt aus dem Nichts hervorzurufen. Ach, hätte ich das Entzücken, das ich fühlte, mit einem andern Wesen theilen können! O Gott, hättest du mir ein Weib nach meinen Wünschen gegeben, hätte deine gütige Hand mir, wie unserm Stammvater, eine aus mir selbst hervorgegangene Eva zugeführt! ....

Himmlische Schönheit! Vor dir hätt' ich mich auf meine Kniee niedergeworfen, dich hätt' ich in meine Arme geschlossen, und zum Ewigen gefleht, dir den Rest meines Lebens zu schenken!

Ach, ich war einsam, einsam auf der weiten Erde! Eine gewisse geheime Apathie beschlich mich. Jenes Gefühl des Ekels am Leben, welches mich schon als Jüngling oft ergriff, kehrte mit neuer Kraft zurück. Bald boten die Gefühle dem Herzen keinen Nahrungsstoff mehr, und daß ich überhaupt noch lebte, merkte ich nur an meinem tiefen Lebensüberdruß.

Ich kämpfte eine Zeitlang gegen dieses Uebel, doch ohne rechten Ernst und rechten Willen, es zu bekämpfen. – Als ich durchaus keinen heilenden Balsam zu finden vermochte gegen diesen

Krebs meines Herzens, der überall und nirgends war, entschloß ich mich endlich, dem Leben Lebewohl zu sagen.

O Priester des Höchsten, der du mir da zuhörst, verzeihe einem Unglücklichen, der damals nahezu seiner Vernunft beraubt war! Ich war voll heiliger Ehrfurcht für die Religion, und sprach wie ein Atheist; mein Herz liebte den Schöpfer und mein Geist verkannte ihn; mein ganzes Betragen, meine Reden, meine Gefühle, meine Gedanken waren nichts als Widerspruch, Irrthum und Lüge. Weiß denn überhaupt der Mensch stets, was er will, und ist er stets Herr seiner Gedanken?

Alles kehrte mir zu gleicher Zeit den Rücken, die Welt, das Glück der Freundschaft, der Frieden meines Zufluchtsorts. Zurückgestoßen von der Gesellschaft, von Amalien verlassen, was blieb mir noch übrig, als mir nun zu guter Letzt auch die Einsamkeit noch untreu ward? Sie war das letzte schwache Brett, auf dem ich feste Erde unter den Füßen zu gewinnen hoffte, und das nun, wie ich fühlte, auch noch im Abgrunde versank.

Entschlossen, wie ich war, mich von der Last meines Daseins zu befreien, wollte ich diesen Akt des Wahnsinns mit der größten Ueberlegung vollbringen. Nichts trieb mich zur Eile; ich setzte den Augenblick meines Scheidens nicht fest, um nur die letzten Stunden meines Lebens noch in recht langen Zügen zu genießen, und all meine Kräfte zu sammeln, damit ich, nach dem Beispiel eines Alten, das Scheiden meines Geistes fühlen möchte.

Inzwischen war ich genötigt, Verfügungen hinsichtlich meines Vermögens zu treffen, und ich mußte daher an Amalien schreiben. Es entschlüpften mir einige Klagen darüber, daß sie meiner so wenig gedächte, und ohne Zweifel ließ ich die Rührung durchschimmern, die sich während des Schreibens nach und nach meines Herzens bemächtigt haben mochte. Und doch glaubte ich mein Geheimniß gut bewahrt zu haben; meine Schwester jedoch, gewohnt in meiner Seele zu lesen, errieth es ohne Mühe. Der gezwungene Ton, der in meinem Briefe herrschte, meine Fragen nach Angelegenheiten, mit denen ich mich früher nie beschäftigt hatte, erschreckten sie auf den Tod, und anstatt zu antworten, überraschte sie mich durch ihre plötzliche Ankunft.

Um euch eine richtige Vorstellung von der Bitterkeit meines späteren Schmerzes, und von der Größe meiner Freude bei Amaliens Wiedersehn zu machen, müßt ihr bedenken, daß sie die einzige Person auf der Welt war, die ich geliebt im Leben, und daß sich in ihr all meine Empfindungen mit den schönsten Erinnerungen meiner Kindheit verschmolzen. Ich empfing daher Amalien mit einer Art von Gefühlsexstase. Ach, hatte ich doch in so langer Zeit Niemanden mehr gehabt, der mich verstand, dem ich so mein ganzes Innere hätte enthüllen können! –

Amalie warf sich in meine Arme und sprach: Undankbarer, du gedenkst zu sterben, und deine Schwester lebt! Du verdächtigst deine beste, deine einzige Freundin! Erkläre, entschuldige dich nicht, ich weiß Alles, ich habe Alles verstanden, wie wenn ich stets bei dir gewesen wäre. Wie kann es dir in den Sinn kommen, *mich* täuschen zu wollen, *mich,* die deine ersten Gedanken und Gefühle im Herzen keimen sah? – Das sind die Folgen deiner unglücklichen Gemüthsart, deines Lebensüberdrusses, deiner Ungerechtigkeit. Schwöre mir jetzt, während ich dich an mein Herz drücke, schwöre, daß du dich niemals mehr deinen Schwärmereien und Narrheiten hingiebst, und daß du mir nie die Hand frevelnd an dich selbst legst.

Bei diesen Worten blickte sie mich voll Mitleid und Zärtlichkeit an, und bedeckte meine Stirne mit Küssen; sie war wie eine Mutter, nur noch zärtlicher. Ach, mein Herz schloß sich allen Freuden wieder auf; wie ein Kind wollte ich nur getröstet sein. Ich unterwarf mich gänzlich der Herrschaft meiner Schwester; sie nahm mir einen feierlichen Eidschwur ab; ich schwor ihn ohne Zaudern; ach, und ich ahnte nicht einmal, daß ich jemals wieder unglücklich werden könnte! –

Länger als einen Monat genossen wir den Zauber des Zusammenlebens. Wenn ich am frühen Morgen, anstatt mich wie früher einsam zu finden, die Stimme meiner Schwester vernahm, durchbebte ein Gefühl von Freude und Glück meine Seele. Amalie hatte von der Natur etwas Göttliches empfangen; ihr Geist besaß die nämliche unschuldige Anmuth, wie ihr Körper; unendlich sanft war ihr Gefühl, und ihr ganzes Wesen athmete Lieblichkeit, mit einer kleinen Beimischung von Schwärmerei; man möchte sagen, ihre Gefühle, ihre Gedanken und ihre

Stimme waren gleich sanft und schwermuthsvoll; sie verband in sich die holde Scheu und das Liebesselige des Weibes mit der Reinheit und dem Süßharmonischen im Wesen eines Engels.

Der Augenblick war gekommen, wo ich für all meine Thorheiten büßen sollte. – Ich hatte mich in meinem Wahnsinn zu wünschen vermessen, daß mir einmal ein rechtes Unglück begegnen möchte, um doch ein wirkliches Leiden zu haben: schrecklicher Wunsch, den Gott in seinem Zorne nur allzubald erhörte!

Was schütte ich nunmehr für eine schreckliche Beichte, was für ein unbegreifliches Geständniß vor euern Herzen aus, ihr meine beiden Freunde! O seht die Thränen, die meinen Augen entströmen! Kann ich es denn? ..... Vor einigen Tagen noch hätte nichts dieses Geheimniß mir entrissen ..... Jetzt ist es geschehen. Doch soll, o Greise, meine Geschichte mit ewigem Stillschweigen bedeckt bleiben; bedenkt, daß sie nur unter dem Baume der Wildniß erzählt worden ist.

Der Winter war zu Ende, als ich bemerkte, daß meine Schwester nach und nach ihre Ruhe und die Gesundheit verlor, die sie selbst mir wieder gebracht. Ich sah sie magerer und magerer werden; ihre Augen wurden hohl, ihr Gang bekam etwas Träges und Schleichendes, ihre Stimme etwas Tonloses. Eines Tages überraschte ich sie in Thränen zu Füßen eines Krucifixes. Die Gesellschaft der Menschen, wie die Einsamkeit, mein Kommen und mein Gehen, die Nacht wie der Tag, schien sie zu erschrecken. Unwillkürliche Seufzer erstarben ihr auf den Lippen; einmal machte sie kleine Reisen zu Fuße, ohne zu ermüden, ein andermal schleppte sie sich nur mit Mühe fort; sie nahm eine Arbeit vor und warf sie dann wieder weg, öffnete ein Buch, ohne darin zu lesen, begann einen Redesatz, ohne ihn zu vollenden, brach dann plötzlich in Thränen aus und begab sich auf ihr Zimmer, um zu beten.

Vergebens suchte ich hinter ihr Geheimniß zu kommen. Wenn ich sie in meinen Armen hielt, und sie fragte, gab sie mir lächelnd zur Antwort, es gehe ihr ungefähr so, wie mir, und sie wisse nicht, was sie habe.

So gingen drei Monate hin; ihr Zustand war indessen von Tag zu Tag bedenklicher geworden. Ein geheimnißvoller Briefwechsel schien mir die Ursache ihrer Thränen zu sein; denn sie erschien bald ruhig und heiter, bald niedergeschlagen und betrübt, je nachdem der Inhalt der Briefe lautete, die sie empfing. Eines Morgens endlich, als die Stunde, in der wir zusammen zu frühstücken pflegten, längst vorüber war, ohne daß sie sich sehen ließ, begab ich mich auf ihr Zimmer hinauf. Ich klopfe und erhalte keine Antwort; ich mache die Thüre auf, Niemand ist da. Ich erblicke auf dem Kamin ein kleines Paquet mit meiner Adresse. Mit zitternder Hand greife ich darnach, öffne es und lese folgenden Brief, den ich aufbewahre, um mir für die Zukunft jede weitere Regung der Freude zu benehmen.

An René.

Ich rufe Gott zum Zeugen, mein theurer Bruder, daß ich mein Leben tausendmal dahin geben möchte, um nur Dir einen Augenblick des Schmerzes zu ersparen; doch ach, ich bin unglücklich, und kann nichts für Dich thun. Verzeihe mir daher, daß ich wie eine Schuldige von Dir gegangen bin, die sich durch die Flucht der Strafe entzieht; Dir wäre es am Ende gelungen, mich wieder zum Bleiben zu bewegen, und doch mußte ich abreisen .... Mein Gott, habe Mitleid mit mir!

Du weißt schon, René, daß ich von jeher eine gewisse Neigung für das Klosterleben gehabt habe; nun endlich ist es Zeit, daß ich den Wink des Himmels befolge. Warum habe ich so lange gewartet? – Gott straft mich jetzt schwer dafür. Ich war nur Deinetwegen noch in der Welt geblieben ..... Vergieb, der Schmerz, Dich zu verlassen, raubt mir nahezu den Verstand.

Jetzt erst, mein theurer Bruder! fühle ich so recht die Nothwendigkeit dieser Zufluchtsörter, gegen welche Du Dich so oft ereifert hast. Das Leben ist voll von Schmerzen und Leiden, und es giebt in ihm schmerzliche Erfahrungen, die Einen unwiderruflich von der Welt und den Menschen scheiden; was bliebe nun all diesen armen Menschen, als die Verzweiflung und der Tod, wenn es keine Klöster gäbe? – Ich bin überzeugt, daß Du selbst in jenen Asylen des Friedens die Ruhe finden würdest. Die Erde kann Dir nichts mehr bieten, was Deiner würdig wäre.

Ich will Dich nicht an Deinen Eid erinnern; ich weiß, daß Dir Dein einmal gegebnes Wort heilig ist. Du hast es mir geschworen, Du wirst für mich leben. Giebt es denn auch etwas Erbärmlicheres, als beständig daran zu denken, sein Leben dem Schöpfer wieder zurückzuschleudern? Mit einer Gemüthsart, wie die Deinige, ist es so leicht zu sterben; glaube Deiner Schwester, es ist schwerer, zu leben und die Leiden des Lebens mit Gleichmuth zu ertragen.

Eile nur so bald als möglich aus dieser Einsamkeit heraus, die Dir nun einmal nicht zuträglich ist; schaue, daß Du Dich auf irgend eine Art beschäftigst. Ich weiß wohl, daß Du den Zwang, wodurch man bei uns zu Land überhaupt genöthigt ist, einen Stand zu ergreifen, bitter belächelst; verachte indeß die Erfahrung und die Weisheit unserer Väter nicht gar zu sehr; es ist besser, mein theurer René, etwas mehr den gewöhnlichen Menschen zu gleichen, und dafür etwas weniger unglücklich zu sein.

Vielleicht würdest Du in der Ehe eine Linderung Deines Lebensüberdrusses finden. Eine Frau und ein paar Kinder würden Dir zu thun und zu denken geben. Und welches Weib würde sich nicht bestreben, einen Mann wie Dich glücklich zu machen? Die Glut Deiner Gefühle, die Schönheit und Anmuth Deiner Gedanken, Dein edles und durch und durch leidenschaftliches Wesen, Dein stolzer und doch zugleich so zärtlicher Blick, all Deine Vorzüge zusammengenommen, würden Dir die süßeste Gewißheit geben, daß sie Dich treu und von ganzem Herzen liebt. O, mit welchem Entzücken müßte sie Dich nicht in ihre Arme schließen und an ihr Herz drücken! All ihre Blicke und Gedanken würden nur auf Dich gerichtet sein, um jedem und auch dem leisesten Anflug von Schmerz und Gram zuvorzukommen; sie würde ganz Liebe, ganz Unschuld für Dich sein, Du würdest in ihr eine zweite Schwester zu finden glauben.

Ich reise nach dem Kloster .... Seine Lage am Meer paßt vollkommen zu meiner melancholischen Gemüthslage. Nachts werde ich in meiner Zelle das Rauschen der Wogen hören, welche die Klostermauern bespülen; ich werde mich unserer Spaziergänge im Waldgebirg erinnern, wo wir in den wogenden Gipfeln der Fichten das Brausen des Meeres zu vernehmen glaubten.

Theurer Gefährte meiner Kindheit, werde ich Dich jemals wieder sehen? Nur ein wenig älter, als Du selbst bist, schaukelte ich Dich in Deiner Wiege; oft schliefen wir zusammen im nämlichen Bette. O möchte auch einst dasselbe Grab uns umschließen! Doch nein; ich muß einsam unter dem kalten Marmor dieses Heiligthums schlafen, wo die Jungfrauen ruhen, die nie geliebt haben.

Ich weiß nicht, ob Du diese von meinen Thränen halb verlöschten Zeilen wirst lesen können. Bedenke jedoch, daß wir, ein wenig früher oder später, uns doch einmal hätten trennen müssen. Ist es denn nöthig, Dir erst noch mehr zu sagen von dem ungewissen Loos und dem geringen Werth dieses Lebens? Du erinnerst Dich doch des jungen M........, welcher bei Isle-de-France Schiffbruch litt? – Als wir seinen letzten Brief empfingen, waren nicht einmal seine irdischen Reste mehr vorhanden, und als Deine Trauer um ihn in Europa erst begann, war sie in Indien bereits zu Ende. Was ist also der Mensch, dessen Andenken so schnell auf Erden verschwunden ist? Ein Theil seiner Freunde erfährt seinen Tod erst dann, wenn der andere Theil schon längst wieder getröstet ist. O theurer, o mein nur zu theurer René! Wird denn mein Andenken auch so schnell in Deinem Herzen erlöschen? O Bruder, wenn ich in der Zeitlichkeit so von Dir hinwegeile, so geschieht es ja nur darum, um in der Ewigkeit nicht von Dir geschieden zu sein.

Amalie.

P.S. Ich lege hier die Schenkungsurkunde über meine Güter bei, und hoffe, Du werdest diesen Beweis meiner Freundschaft nicht von Dir weisen. –

Wäre der Blitz zu meinen Füßen niedergefahren, so hätt' er mich nicht mehr erschreckt, als dieser unvermuthete Brief. Welches Geheimniß verbarg mir Amalie? Was zwang sie, so plötzlich ins Kloster zu gehen? Hatte sie mich durch den Zauber der Freundschaft nur deßwegen wieder ans Leben gefesselt, um mich einen Augenblick nachher aufs neue im Stiche zu lassen? Warum kam sie, um mich von meinem Vorhaben abzubringen? Eine Anwandlung des Mitleids hatte sie in meine Arme zurückgeführt; bald wird sie es jedoch müde, sich einer so schweren Pflicht zu unterziehn, und eilends verläßt sie einen namenlos Armen und Elenden wieder, der doch nichts weiter auf Erden besaß, als sie. Man glaubt schon sein Möglichstes gethan zu haben, wenn man einen Menschen vom Selbstmord abhält. – So klagte ich; dann that ich einen Blick in mein Inneres: O undankbare Amalie, sprach ich zu mir selbst, wenn du an meiner Stelle gewesen wärest, wenn du in einem freudlosen Dasein dein Leben dahingeschmachtet hättest, von deinem treuen Bruder wärest du gewiß nicht so im Stiche gelassen worden!

Wenn ich inzwischen ihren Brief wieder überlas, so fand ich etwas so Trauriges und Zärtliches darin, daß mein Herz auf das Innigste davon gerührt war. Auf einmal kam mir ein Gedanke, der mir einigen Trost gab; ich glaubte nämlich, Amalie habe zu Jemandem eine heftige Leidenschaft gefaßt, die sie mir nicht zu gestehen wage. Dieser Verdacht schien mir ihre Schwermuth, ihren geheimnißvollen Briefwechsel und den leidenschaftlichen Ton zu erklären, der in ihrem Briefe herrschte. Ich schrieb ihr auf der Stelle, und bat sie, mir doch ohne Rückhalt zu sagen, was sie denn eigentlich auf dem Herzen habe.

Sie antwortete mir unverweilt, ohne mir jedoch ihr Geheimniß zu gestehen; sie theilte mir in diesem Brief nur mit, sie habe die Lossprechung vom Noviziate erhalten, und werde bereits in kürzester Zeit ihr Gelübde ablegen.

Amaliens Eigensinn, das Geheimnißvolle ihrer Worte und ihr geringes Zutrauen in meine Freundschaft empörten mich.

Nach kurzem Hin- und Herdenken, was ich nun thun sollte, entschloß ich mich, nach B.... zu eilen und einen letzten Versuch bei meiner Schwester zu machen. Das Landgut, auf dem ich erzogen worden war, lag gerade am Wege. Als ich die Wälder wieder erblickte, wo ich die einzigen glücklichen Augenblicke meines Lebens zugebracht, konnte ich mich der Thränen nicht erwehren, und es war mir unmöglich, der Versuchung zu widerstehen, all diesen theuern Orten noch ein letztes Lebewohl zuzurufen.

Das Erbe unserer Väter war von meinem älteren Bruder längst verkauft worden, und der neue Eigenthümer bewohnte es noch nicht. Durch die düstere Fichtenallee kam ich an das Schloß; ich durchschritt die schweigenden, einsamen Höfe desselben; dann und wann blieb ich stehen, um mir die verschloßnen oder halbzerbrochnen Fenster, die an dem Fuß der Mauern wuchernden Disteln, das Laub, welches Thür und Schwelle bedeckte, und die verlaßne Eingangstreppe zu betrachten, auf der ich vormals so manchmal meinen Vater und seine treuen Diener gesehn. Die Stufen waren schon mit Moos bedeckt; die gelbe Levkoje wuchs zwischen den auseinanderbröckelnden, lockern Steinen hervor. Ein neuer Wächter öffnete mir mit mürrischem Gesicht die Thüre. Als ich einen Augenblick zögerte, die Schwelle zu betreten, rief mir dieser Mensch zu: Nun, macht Ihr's auch wie die Fremde, die vor ein paar Tagen hieher kam? Wie sie gerade im Begriff war, ins Haus zu treten, fiel sie in Ohnmacht, und ich mußte sie zu ihrem Wagen zurückbringen. – Es war mir ein Leichtes, diese Fremde zu errathen, die, wie ich, hieher gekommen war, um Thränen und Erinnerungen zu suchen.

Die Augen mit meinem Tuche bedeckt, trat ich unter das Dach meiner Ahnen. Ich eilte durch die hallenden Gemächer, in denen man nur den Schall meiner Tritte vernahm. Sie waren von dem Lichtschein, der durch die geschloßnen Läden drang, nur schwach erleuchtet; ich besuchte jenes, in dem meine Mutter bei meiner Geburt das Leben verlor; dann ging ich in das Kabinet meines Vaters, in den Raum, wo meine Wiege gestanden, und dann in den, wo ich der Freundschaft zuerst gehuldigt am Herzen meiner Schwester. Sämmtliche Säle waren leer, und ringsumher an Bettstatt und Sopha hingen, ein Bild der Oede, graue Spinnengewebe. Schnell verließ ich diesen Ort; ich floh ihn mit langen Schritten, ohne daß ich es wagte, nur noch einmal zurückzublicken. Wie süß sind die Augenblicke, welche Brüder und Schwestern im seligen Traum der Kindheit unter den Fittigen der Eltern mit einander dahinleben, und wie schnell eilen sie vorüber! Eine Menschenfamilie währt nur einen Tag, der Athem Gottes zerstreut sie wie Rauch. Kaum kennt der Sohn den Vater, kaum der Vater den Sohn, der Bruder die Schwester, die Schwester den Bruder! Die Eiche sieht ihre Sprößlinge rings um sich her emporwachsen; so ist es nicht mit den Kindern der Menschen!

In B.... angelangt, ließ ich mich in das Kloster führen; ich verlangte mit meiner Schwester zu sprechen. Man erwiderte mir, sie empfange Niemanden. Ich schrieb an sie; sie antwortete mir, da sie im Begriff stehe, sich Gott zu weihen, so sei ihr kein Gedanke an die Welt mehr erlaubt;

wenn ich sie wahrhaft liebe, so werde ich sie nicht durch meinen Schmerz noch mehr beunruhigen wollen. Im Fall, daß Du indeß Lust hast, setzte sie hinzu, am Tage meiner Einkleidung am Altare zu erscheinen, so habe die Freundlichkeit, Vaterstelle bei mir zu vertreten; diese Stellung ist die einzige, die Deines Muthes würdig ist, die einzige, die sich für unsere Freundschaft schickt, und die mir eine Gewähr giebt für meine Ruhe. – Diese eisige Kühle und Unerbittlichkeit, die sie meiner glühenden Freundschaft entgegensetzte, brachte mein Gemüth in heftige Wallungen. Bald war ich nahe daran, wieder zu gehen, bald blieb ich wieder, und zwar nur, um die heilige Handlung mit Gewalt zu stören. Ich gerieth sogar auf den höllischen Gedanken, mir am Altare den Dolch in die Brust zu stoßen, um meine letzten Seufzer mit den Gelübden zu vermischen, die mir meine Schwester entreißen sollten. Die Priorin des Klosters ließ mir sagen, sie habe einen eigenen Sitz im Chor für mich herrichten lassen, und lud mich ein, der Feierlichkeit beizuwohnen, welche für den nächsten Morgen festgesetzt sei.

Bei Anbruch des Tages gaben die Glocken das erste Zeichen. Gegen zehn Uhr schleppte ich mich in einer Art von Todeskampf nach dem Kloster. Es giebt nichts Schauderhaftes mehr für Denjenigen, der einmal einem solchen Schauspiel beigewohnt, und keinen Schmerz mehr für Den, welcher es überlebt hat. Die Kirche war von einer ungeheuern Volksmenge angefüllt; man führte mich zu meinem Sitz hin; ich warf mich auf die Knie, fast ohne zu wissen, wo ich mich befand, und was ich zu thun gedachte. Schon wartete der Priester am Altare; plötzlich öffnete sich das geheimnißvolle Gitter, und Amalie schritt, mit all der Pracht und Herrlichkeit dieser Welt geschmückt, langsam vorwärts. Sie war so schön, ihr Angesicht strahlte von einem so überirdischen Glanz, daß ihre Erscheinung allgemeine Ueberraschung und Bewunderung hervorrief. Dieser Strahlenglanz, der die heilige Dulderin umgab, das Erhabene der religiösen Feierlichkeit beschwichtigte mein wildes Gemüth, und all meine gewaltthätigen Absichten und Pläne traten zurück; meine Kraft verließ mich; ich fühlte mich von einer unwiderstehlichen Gewalt gefesselt, und statt Gotteslästerungen und Drohungen fand ich in meinem Herzen nur Anbetung und Seufzer der Reue.

Meine Schwester trat jetzt unter einen Baldachin. Die heilige Messe begann beim Schein der Kerzen, unter Blumen und Weihrauchgerüchen, welche den Zweck haben, das Opfer angenehm zu machen. Beim Offertorium legte der Priester sein Prachtgewand ab, behielt nur noch sein Chorhemd an, bestieg die Kanzel, und schilderte in einer einfachen und herzergreifenden Rede das Glück der Jungfrau, welche sich dem Herrn weiht. Als er die Worte sprach: Sie ist erschienen wie der Weihrauch, der sich im Feuer verzehrt, da war es mir, als wenn himmlische Düfte und himmlische Ruhe sich in der Kirche verbreiteten; man fühlte sich gleichsam geschützt unter den Flügeln der mystischen Taube, und glaubte Engel zu sehen, die auf den Altar herniederschwebten und mit Kronen und himmlischen Blumengerüchen wieder zur Höhe sich erhoben.

Der Priester beschließt seine Predigt, wirft sein Meßgewand wieder um, und fährt im heiligen Meßopfer fort. Amalie, von zwei jungen Ordensschwestern unterstützt, kniet auf der untersten Stufe des Altares nieder. Jetzt holt man mich, um Vaterstelle bei ihr zu vertreten. Bei dem Geräusch meiner wankenden Schritte ist Amalie einer Ohnmacht nahe. Man läßt mich neben den Priester hintreten und überreicht mir die Scheere, um sie ihm zu geben. In diesem Augenblick geräth mein Blut von neuem in Wallung, meine Wuth will sich Luft machen, als meine Schwester, sich mit Gewalt zusammennehmend, mir einen Blick zuwirft, der einen solchen Schmerz und tiefen Vorwurf ausdrückt, daß ich davon wie vernichtet bin. Die Religion triumphirt. – Meine Schwester benutzt diesen schwachen Augenblick und reicht muthig ihr Haupt hin. Ihr prächtiger Haarschmuck fällt von allen Seiten unter dem heiligen Stahl; ein langes Kleid von grobem Stoff tritt an die Stelle des weltlichen Schmuckes, ohne sie minder schön und anziehend zu machen; die Sorgen der Stirne bedeckt ein leinenes Band, und der verhängnißvolle Schleier, das doppelte Sinnbild der Jungfrauschaft und des Klosterlebens, verläßt nun ihr seiner goldenen Zierde beraubtes Haupt nicht mehr. Nie hatte ich sie so schön gesehen; das Auge der Büßenden ruhte auf dem Staub der Erde, ihre Seele war im Himmel.

Inzwischen hatte Amalie ihr Gelübde noch nicht abgelegt, und um dem Leben abzusterben, mußte sie erst noch durch das Grab wandeln. Meine Schwester legt sich auf den Marmor nieder, man breitet ein Leichentuch über sie aus; vier Fackeln bezeichnen seine vier Enden. Der Priester, mit der Stola um den Hals und dem Buch in der Hand, hebt das kirchliche Lied für die Verstorbnen zu singen an, blühende Jungfrauen singen mit. O Schönheiten der christlichen Religion, wie groß und wie schrecklich seid ihr zugleich! Man hatte mich genöthigt, näher als die Andern an dieser Statt des Todes niederzuknieen. Plötzlich vernahm ich dumpfe Töne unter dem Leichentuch; ich gebe mir Mühe und strenge mein ganzes Gehör an, und folgendes fürchterliche Stoßgebet, nur mir allein verständlich, dringt an mein Ohr: Gott der Barmherzigkeit! o laß mich nicht mehr von diesem Todtenlager auferstehen, und beglücke meinen Bruder, der meine strafbare Leidenschaft nicht getheilt hat, mit all deinen Wohlthaten!

Dieses Wort, welches aus der Gruft herauf an mein Ohr schlägt, verräth mir mit Einem Male das schrecklichste Geheimniß; meine Vernunft umwölkt sich, ich stürze mich auf das Leichentuch hin, schließe meine Schwester in meine Arme und rufe: O keusche Braut Christi, empfange meine letzte Umarmung durch die Eisdecke des Todes und die Tiefen der Ewigkeit, die mich jetzt schon von dir scheiden!

Diese heftige Bewegung, dieser Ausruf, meine Thränen unterbrechen die Feierlichkeit; der Priester hält inne, die Klosterfrauen ziehen sich zurück und schließen das Gitter wieder hinter sich; das Volk drängt sich zum Altare, man trägt mich bewußtlos fort. Wie wenig Dank wußte ich doch Denen, die mich ins Leben zurückriefen! Als ich die Augen wieder aufschlug, erfuhr ich, daß das Opfer vollbracht wäre, und daß meine Schwester an einem heftigen Fieber darniederläge. Sie ließ mich bitten, jetzt ja keinen Versuch mehr zu machen, sie noch einmal zu sehen. – Welches elende Leben! Eine Schwester ist in Angst, mit dem eigenen Bruder, ein Bruder, mit seiner Schwester zu sprechen! Ich verließ das Kloster wie jenen Ort der Sühne, wo Flammen uns für das himmlische Leben vorbereiten, und wo man, wie an dem Ort der ewigen Verdammniß, Alles verloren hat, bis auf die Hoffnung.

Man kann noch Kraft genug in sich selbst gegen eigenes Unglück finden; jedoch die unfreiwillige Ursache fremder Leiden zu sein, ist ein unerträgliches Gefühl. Da ich meiner Schwester tiefen Gram und ganzes Unglück nun endlich klar durchblickte, so dachte ich mich erst recht hinein, wie schwer sie litt, und erst jetzt wurden mir einzelne Erscheinungen an ihr klar, die ich früher nie recht begriff; so jene mit Freude gemischte Trauer, die sie bei meinem Scheiden von ihr blicken ließ, so die Sorgfalt, mit der sie mich bei meiner Rückkehr zu vermeiden suchte, und dann wieder die Schwäche, die sie so lange Zeit abhielt, den Schleier zu nehmen. Ohne Zweifel hatte sich das arme Mädchen mit der Hoffnung geschmeichelt, ihre Leidenschaft mit der Zeit noch zu besiegen. Ihr Plan, sich von der Welt zurückzuziehen, die Lossprechung vom Noviziate, und die Verfügung über ihre Güter zu meinen Gunsten waren es also gewesen, die jenen heimlichen Briefwechsel veranlaßten, der mich so beunruhigte.

O meine Freunde, nun wußte ich es endlich, was es heißt, Thränen über ein Unglück vergießen, das nicht blos in der Einbildung vorhanden ist. Meine Leidenschaften, die so lange kein bestimmtes Ziel hatten, stürzten sich nun mit Wuth auf diese ihre erste Beute. Ich fand sogar eine Art von unerwartetem Vergnügen in der Größe meines Leides, und ich nahm mit geheimer Freude wahr, daß der Schmerz kein Gefühl ist, das man erschöpft, wie das Vergnügen.

Ich hatte die Erde verlassen wollen, bevor es dem Allmächtigen gefiel, mich abzurufen; gewiß war das ein großes Verbrechen: Gott sandte mir Amalien, um mich zu retten und zugleich zu strafen. So hat jeder strafbare Gedanke, jede verbrecherische Handlung Wirrwarr und Unglück zur Folge. Meine Schwester bat mich zu leben, und ich war es ihr wohl schuldig, ihre Leiden nicht zu vermehren. Uebrigens fühlte ich (sonderbarer Wechsel!) keine Sehnsucht nach dem Tode mehr, seitdem ich wahrhaft unglücklich war. Mein Gram war mir zu einer Art Geschäft geworden, welches all meine müßigen Augenblicke in Anspruch nahm: so sehr war mein Herz schon von Natur den Eindrücken des Schmerzes und Elendes Preis gegeben!

Ich faßte daher plötzlich den Entschluß, Europa zu verlassen und nach Amerika hinüberzugehen.

Man rüstete gerade damals im Hafen von B.... ein Geschwader nach Louisiana aus. Ich schloß mit einem der Schiffskapitäne einen Vertrag ab, theilte Amalien mein Vorhaben mit, und traf die nöthigen Anstalten zu meiner Abreise.

Meine Schwester war am Rand des Grabes gewesen; Gott der Herr jedoch, von dem ihr die Palme der Jungfrauen beschieden war, wollte sie nicht so schnell zu sich rufen, und verlängerte daher ihre irdische Prüfung noch. Sie betrat zum zweitenmal die mühsame Bahn des Lebens, und schritt, unter dem Kreuze gebeugt, muthig den Schmerzen entgegen, im Kampf nur den Triumph, und im Uebermaß der Leiden den höchsten Ruhm erblickend.

Der Verkauf der wenigen Güter, die mir noch übrig geblieben, und die ich meinem Bruder überließ, die langen Vorbereitungen zur Abfahrt des Geschwaders, und widrige Winde hielten mich noch längere Zeit im Hafen zurück. Täglich zog ich Nachrichten von Amalien ein, und täglich fand ich neue Gründe, um meine Schwester zu bewundern – und um sie zu beweinen.

Ohne Unterlaß schweifte ich um das Kloster herum, das am Strand der See lag. Oft erblickte ich an einem kleinen Gitterfenster, welches in eine öde Landschaft hinaussah, eine ach, nur allzuliebliche Gestalt im Schleier; – in tiefen Gedanken saß sie da und blickte ins Meer hinaus, so oft ein Schiff darauf erschien, das nach fernen Zonen steuerte. Mehr als einmal sah ich im Mondenschein die nämliche Gestalt am nämlichen Fenster; sie betrachtete das von dem nächtlichen Gestirne beleuchtete Meer und schien ihr Ohr dem Rauschen der Wogen zu leihen, die sich schauerlich am einsamen Felsgestade brachen.

Noch glaube ich den Klang der Glocken zu hören, welche in der Nacht die Himmelsbräute zum Gebete rief. Während sie langsam anschlug, und die Jungfrauen schweigend zum Altare des Allmächtigen gingen, eilte ich zum Kloster hin und vernahm am Fuß der Mauer, in heiligem Entzücken, die letzten Töne der frommen Gesänge, die sich mit dem leisen Rauschen der Flut vermischten.

Ich weiß nicht, wie es kam, daß all diese Dinge, die meinen Gram doch eigentlich hätten nähren sollen, seinen Stachel abstumpften; meine Thränen waren weniger schmerzlich, wenn ich sie auf Felsen und im Sturme vergoß. Mein Schmerz selbst trug, seiner außerordentlichen Beschaffenheit wegen, eine Art von linderndem Balsam in sich; es liegt ein gewisser Genuß im Ungewöhnlichen, selbst wenn dieses Ungewöhnliche ein Unglück ist. Ich zog daraus fast den Schluß, daß wohl auch meine Schwester sich mit der Zeit nicht mehr so unglücklich fühlen dürfte.

Ein Brief, den ich noch vor meiner Abfahrt von ihr empfing, schien meine Vermuthung zu bestätigen. Amalie beklagte in zärtlichen Ausdrücken meinen Schmerz, und versicherte mich, daß die Zeit auch den ihrigen bereits mildere. Ich verzweifle nicht mehr an meinem Glücke, schrieb sie mir. Jetzt, nachdem das Opfer vollbracht ist, trägt selbst das Außerordentliche desselben dazu bei, mir einigen Frieden zu gewähren. Die Herzenseinfalt meiner Mitschwestern, die Reinheit der Wünsche, die sie im Herzen tragen, die strenge Stundenordnung, wodurch ihr ganzes Leben geregelt ist, all das giebt meiner Seele allmählich süße Rast und Ruhe. Wenn ich höre, wie der Orkan draußen tobt, und wie die Seeschwalbe mit den feuchten Flügeln an meine Scheiben schlägt, dann fühle ich arme Himmelstaube so recht das Glück, daß ich nunmehr einen Zufluchtsort gegen die Stürme gefunden habe. Ich stehe auf der Höhe des heiligen Berges, auf dem hohen Gipfel, zu dem die letzten Laute vom Erdball herauftönen, wo man die ersten Harmonien des Himmels zu hören glaubt; hier übt unsere heilige Religion ihre süße Gewalt über ein fühlendes Herz aus; durch sie tritt an die Stelle der heftigsten Leidenschaft eine keuschauflodernde Flamme, in welcher die Liebende und die Jungfrau aufs Innigste in einander verschmelzen; sie läutert die Seufzer; das schnellvergängliche Feuer verwandelt sie still allmählich in eine ewige Glut, und wenn das Herz, welches den Frieden sucht, wenn das Leben, welches die Einsamkeit wählt, noch Augenblicke des Sinnenrausches und der Unruhe haben, dann tritt mit göttlicher Milde und Unschuld *sie* dazwischen und besänftigt die stürmischen Gefühle. –

Ich weiß nicht, was Gott der Herr mir noch vorbehält, und ob es in seinem weisen Plan lag, mir zu zeigen, daß die Stürme überall und überall mit mir gehn würden; genug, der Befehl zur Abfahrt des Geschwaders war bereits gegeben; schon lagen einzelne Schiffe fertig, um mit Anbruch des Abends in die See zu stechen; ich selbst zog vor, die letzte Nacht noch am Lande zu bleiben, um einen letzten Abschiedsbrief an meine Schwester zu schreiben. Während ich mich gegen Mitternacht gerade damit beschäftige und mit meinen Thränen das Papier benetze, dringt das Heulen des Windes an mein Ohr. Ich fahre auf und horche; ich unterscheide durch das Getöse des Sturms hindurch deutlich das Krachen der Kanonen und den Schall der Klosterglocke. Ich eile ans Gestade, wo es einsam und öde war, und wo man nichts als das Brausen der Wogen vernahm. Ich setze mich auf einen einsamen Felsen hin. Zur Rechten von mir breiten sich die leuchtenden Wogen aus, zur Linken verlieren sich die düstern Klostermauern ins Blau der Wolken. Ein schwacher Lichtschein erglänzte an dem oft erwähnten Fenster. Warst du es, o meine Schwester, die da zu den Füßen des Kreuzes zu dem Gott der Stürme betete, deinen armen Bruder zu verschonen? Auf der See tobte der Sturm, in deiner Zelle wohnte friedliche Stille. Dort lagen Menschen an Klippen geworfen, hier stand diesen Felsriffen gegenüber eine heilige Freistatt, deren Ruhe nichts zu stören vermag. Das Unendliche jenseits einer Klostermauer; die im Winde schwankenden Laternen der Schiffe, und die unbeweglichen Leuchtthürme am Gestade; das ungewisse Schicksal der Seefahrer, und die Vestalin, die an einem einzigen Tage ihre ganze Zukunft erfährt; und dann da drüben wieder eine Seele, wie die deinige, o Amalie, stürmisch bewegt wie der Ozean; ein Schiffbruch, schrecklicher als der des Seemanns: dieses Gemälde ist meinem Gedächtniß für die Ewigkeit eingeprägt. O Sonne dieses neuen Himmels, die du da Zeugin meiner Thränen bist, o Echo der amerikanischen Wälder, welches Renés Klagen wiederholt! Was war das für ein Morgen, der dieser schrecklichen Nacht folgte! Es war der Morgen, wo ich vom Verdecke des Schiffes das Land meiner Geburt für *allezeit* meinen Blicken entschwinden sah! Lange betrachtete ich das Schwanken der Bäume auf der vaterländischen Küste und die Giebel des Klosters, die sich allmählich im Blau des Horizonts verloren.

Als René mit dieser seiner Geschichte zu Ende war, zog er ein Papier aus seinem Busen und gab es dem Pater Souël; dann warf er sich in Schaktas Arme und unterdrückte gewaltsam sein Schluchzen, um dem würdigen Missionsgeistlichen Zeit zu lassen, den Brief zu durchlesen. Er war von der Priorin des Klosters von ..... und enthielt eine Schilderung der letzten Augenblicke der barmherzigen Schwester Amalie, welche als Opfer ihres menschenfreundlichen Eifers gestorben war, indem sie einige von ihren Mitschwestern pflegte, die an einer epidemischen Krankheit darniederlagen. Die ganze Klostergemeinde war untröstlich und betrachtete Amalien als eine Heilige. Die Priorin fügte bei, sie habe seit den dreißig Jahren, wo sie an der Spitze dieses Hauses gestanden, keine Ordensschwester gehabt, deren sanfte Gemüthsart sich stets so gleich geblieben sei, und die mit größerer Ruhe dieser Welt der Trübsale Lebewohl gesagt habe.

Schakta drückte René an sein Herz und weinte; mein Sohn, sprach er zu ihm, ich wünschte, der Pater Aubry wäre hier; *er* schöpfte aus dem Grund seiner Seele stets eine Ruhe, welche die Stürme zwar beschwor, jedoch auch zeigte, daß sie ihm im Leben nicht fremd geblieben waren. Er glich dem Mond in einer stürmischen Nacht; die fliehenden Wolken vermögen nicht seinen ruhigen Wandel zu hindern; rein und unveränderlich gleitet er über sie hinweg. Mich hingegen bewegt Alles und reißt mich mit fort.

Bis dahin hatte der Pater Souël, ohne ein Wort zu sprechen, und mit strenger Miene, Renés Erzählung mit angehört. Er trug ein Herz in seiner Brust voll Güte und Theilnahme gegen die Menschen; äußerlich pflegte er jedoch einen unbeugsamen Charakter an den Tag zu legen. Schaktas weiches und seiner Ansicht nach allzu nachsichtiges Wesen ließen ihn nicht länger schweigen. Er nahm das Wort, und sprach zu René:

Ich für meinen Theil kann in deiner Geschichte durchaus nichts finden, was des Mitleids werth wäre, welches dir der gute Schakta da bezeigt hat. Ich sehe nur einen von phantastischen Ansichten beherrschten und mit sich und der Welt unzufriedenen jungen Menschen, der sich den gesellschaftlichen Pflichten entzogen hat, um seinen eigenen eiteln Träumereien nachzuhängen. Man ist darum noch nicht besser als Andere, weil man die Welt in einem pessimistischen Licht erblickt. Man haßt die Menschen und die Welt nur, weil man einen zu engen Gesichtskreis hat und sich allzu sehr blos mit sich selbst beschäftigt. Blicke nur ein wenig weiter, mein Sohn, und du wirst dich bald überzeugen, daß die meisten Uebel, worüber du klagst, nichts als wesenlose Traumbilder sind. Und wie abscheulich ist es dabei noch, daß du an das einzige wirkliche Unglück deines Lebens nicht einmal danken darfst, ohne darüber zu erröthen. Und wäre deine arme Schwester eine *Heilige* gewesen an Reinheit und Keuschheit, an Frömmigkeit und andern Tugenden, so ist doch schon der bloße Gedanke an deine Leiden kaum erträglich. *Sie* hat ihr Vergehen nun gebüßt; was hingegen deine Person anbelangt, so fürchte ich, ehrlich gestanden, dieses Geständniß aus dem Grab heraus hat neuerdings unheilvoll gewirkt auf deine Ruhe. Was thust du in diesen Wäldern, wo du deine Pflichten vernachlässigst und deine jungen Tage todtschlägst? – Heilige, wirst du mir zwar einwenden, haben sich ja oft in die Wildniß zurückgezogen. – Sie gingen dahin mit ihren Thränen, und wandten die nämliche Zeit, welche du verdirbst, indem du deinen thörichten Leidenschaften nachhängst und sie nährst, dazu an, die ihrigen zu bezwingen. – Armer junger Mann! Es ist ein Irrthum von dir, zu glauben, Jeder sei sich selbst genug. Die Einsamkeit ist Demjenigen gefährlich, der nicht mit und in Gott lebt; sie erhöht unsere physische Kraft, indem sie ihr zugleich jede Möglichkeit raubt, davon den rechten Gebrauch zu machen. Wer von Natur Kräfte und Fähigkeiten empfangen hat, muß sie dem Dienste des Nächsten widmen; läßt er sie unbenützt, so wird er erst durch seine innere Unzufriedenheit bestraft, und früher oder später schickt ihm Gott noch andere schreckliche Züchtigungen. –

Von diesen Worten erschreckt, zog René seinen Kopf voll Scham und Demuth von Schaktas Brust hinweg. Der blinde Saschem lächelte, und dieses Lächeln des Mundes, zu dem sich kein Lächeln des Auges mehr hinzugesellte, gab seinem Gesichte etwas Geheimnißvolles und Himmlisches. Mein Sohn, sagte der ehemalige Geliebte Atalas, er spricht streng mit dir; er hält dem Greis, wie dem Jüngling eine Strafpredigt, und er hat Recht. Du mußt in der That diesem seltsamen Leben den Rücken kehren, das deinen tiefen Gram nur nährt; das Glück, mein Sohn, ist nur auf dem Weg zu finden, wo es andere Menschenkinder *auch* suchen.

Einst war der Meschacebe, noch nahe bei seiner Quelle, unmuthig darüber, daß er nur ein klarer Bach war. Er fleht nun die Gebirge um Schneemassen, die Waldströme um Gewässer, die Gewitter um Regen an. Er tritt aus seinem Bett und verwüstet seine lieblichen Gestade. Anfangs frohlockt der stolze Bach über seine Macht; da er jedoch zuletzt merkt, daß rechts und links der Strand hinter ihm öde liegen bleibt und zur Wüste wird; daß seine Fluten, voll Schlamm und trübe, durch eine einsame Wildniß rauschen; da beklagt er mit Schmerz das niedrige Bett, das ihm die Natur gegraben, und vermißt die Vögel, die prächtigen Blumen, die Bäume und die lieblichen Waldbrünnlein, die bescheidenen Gefährten seines früher so friedlichen Laufes. –

Schakta schwieg und man vernahm die Stimme des Flamingos, der, im Schilf des Meschacebe verborgen, ein herannahendes Gewitter prophezeite. Die drei Freunde traten den Rückweg zu ihren Wohnungen an; René wandelte stumm zwischen dem Missionsgeistlichen, welcher betete, und Schakta, der den Weg suchte. Man sagt, René habe auf das Zureden der beiden Greise wieder einige Zeit mit seiner Frau gelebt, ohne jedoch sein Glück bei ihr zu finden. Bald darauf kam er mit Schakta und dem Pater Souël bei dem schrecklichen Blutbad, welches die Wilden in Louisiana unter den Franzosen anrichteten, kläglich ums Leben. – Noch jetzt zeigt man dem Reisenden einen Felsen, wo er bei Sonnenuntergang manchmal zu sitzen pflegte.

Made in the USA
Monee, IL
07 July 2026

56552346R00046